KB237268

# 無敵行

무적행

**1**

태규 신무협 장편소설

ORIENTAL FANTASYSTORY & ADVENTURE

# 무적행 1

초판 1쇄 인쇄 / 2012년 3월 5일
초판 1쇄 발행 / 2012년 3월 15일

지은이 / 태규

발행인 / 오영배
편집팀장 / 신동철
책임편집 / 문보람
편집디자인 / 신경선
펴낸 곳 / (주)삼양출판사 · 드림북스

주소 / 서울특별시 강북구 송천동 322-10호
대표 전화 / 02-980-2112  팩스 / 02-983-0660
편집부 전화 / 02-980-2116  팩스 / 02-983-8201
블로그 / blog.naver.com/dreambookss

등록번호 / 제9-00046호
등록일자 / 1999년 3월 11일

ⓒ 태규, 2012

값 8,000원



ISBN 978-89-542-4759-7 (04810) / 978-89-542-4758-0 (세트)

* 지은이와 협의하에 인지는 생략합니다.
* 잘못된 책은 구입한 곳에서 바꾸어 드립니다.

무적행

1

무적

태규 신무협 장편소설

ORIENTAL FANTASYSTORY & ADVENTURE

dream
books
드림북스

무적행

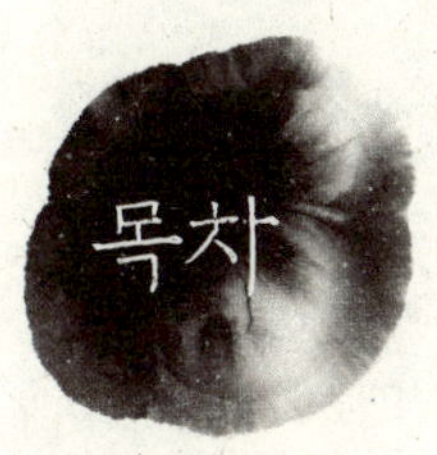

# 목차

序章

무적행(無敵行).

그가 세상에 나타나 벌였던 일련의 행동을 평하면 이렇게 세 글자로 요약할 수 있겠다.

하지만 장황히 설명하자면 그와 함께 온갖 난동을 벌이며 천하를 종횡했던 인물 중 하나인 도귀(刀鬼)의 설명을 옮길 수밖에 없다.

—살다 보면 참기 힘든데 애써 참을 수밖에 없는 일이 종종 생겨. 또는 어울해 죽을 것 같은데도 어쩔 수 없이 받아들여야 하는 일도 있지.

근데 나는 안 참고 못 받아들여.

예를 들자면, 이 정도면 보통 그만하겠다 싶은 선이라는 게 있잖아?

근데 난 선을 좀 넘어.

그렇다고 아주 많이 넘지는 않아. 남보다 딱 열 걸음 정도 더 가지.

그래서 내가 백야도귀(白夜刀鬼)인 거지.

그래도 난 양반이야.

검마(劍魔)나 법왕(法王) 같은 친구는 조금 더 가. 말하자면 한 스무 걸음 정도?

근데 그놈은 또 달라.

오십 보(步)?

아니, 백 보?

아니지, 아니야.

그 친구는 정말…….


"막나가."

第一章

무신(武神) 진무도(進無道)가 죽었다.

죽었다.

죽고 말았다.

일신의 무력만으로 온 세상을 발아래 깔고 군림했기에 '무신(武神)'이라고까지 불렸지만, 그 역시 사람이기는 하였던 모양이다.

하늘의 부름만은 어쩔 수 없어, 결국 아흔둘이라는 나이를 일기(一期)로 죽고 말았다.

고작 사람 한 명이 죽었을 뿐이다.

하지만 그가 없는 세상은 격변하기 시작했다.

숨죽였던 구파(九派)와 오가(五家)가 기지개를 폈고, 죽었다고 알려졌던 사이한 이들이 튀어나와 무리를 지었다.

진무도라는 주인이 사라진 강호무림을 차지하기 위한 욕망에 불탄 모든 이들이 검을 뽑아 들었다.

피가 바다를 이루고 시체가 산이 되어 쌓였다.

지쳤음에도 싸우고 싸우기 싫어도 죽였다.

몸과 마음이 피폐해진 사람들은 진무도를 그리워하기 시작했다.

무신이여, 다시 한 번 내려오시오.

혼란한 세상을 징치하여 주시오.

하지만 바람은 이뤄질 리 없었다.

진무도 같은 자는 이전에도 없었고, 이후에도 없을 것이기에.

그러던 어느 날, 누군가가 양피지 하나를 들며 외쳤다.

"진무도의 무덤을 가리키는 지도다! 그곳에 이르는 자, 무신이 될 수 있다!"

자연히 이름이 붙기를, 무신총(武神塚)이라 했다.

또 다른 무신을 잉태할 신성한 무덤!

온 무림이 열광했다.

하지만 그것은 새로운 혼란의 시작이었다.


―나의 안식을 방해하는 자, 유혼(幽魂)이 되어 어둠을 배

*회하리라.*

　무신의 유진을 얻을 수 있다는 탐욕은 장보도 말미에 적힌 경고조차 잊게 했다.

　협성괴걸, 사마거효가 새로운 무신이 되기 위하여 무신총으로 향했다.

　그리고 세월은 흘러갔다.

　이십 년이 지난 지금까지도 무신총에 들어간 이들 중 그 누구도 나오지 못하고 있다.

　아무도…….

　사존(死尊)과 권제(拳帝), 낭야(浪爺)까지도…….

　무신총을 향한 욕망은 전설이 되어 지금도 수많은 이들을 삼키고 있을 뿐이다.

　경고하노니 무신총을 잊으라.

　그곳은 무신(武神)의 태동지가 아닌 사신(死神)의 은닉처이니, 오직 죽음만을 얻을 수 있으리라.

＊　　　＊　　　＊

　어둠 속, 푸른 안광이 이리저리 움직이며 새파란 궤적을 남긴다.

　"몽예(蠓蚋)야, 어디 있니?"

몽예.

아침에 태어나 저녁에 죽는 날벌레를 통칭하는 말.

사람의 이름이라고 하기에는 성의가 없었다. 아니, 의미를 생각해 보면 가혹할 정도였다.

"몽예야, 나오라니까. 이 흑 아저씨가 쥐를 잡았어, 쥐를. 나눠 주려고 남겨 놨으니까, 이리 나오렴."

상대를 안심시키기 위해서인지, 사내의 말투는 목에 꿀을 발라 놓은 것처럼 간드러졌다. 하지만 말끝이 가늘게 떨렸다. 불안한 심정을 대변이라도 하듯이.

부스럭.

안광의 주인이 소리가 들린 쪽으로 빠르게 몸을 날렸다.

퍼펑!

돌바닥이 파이며 조각난 파편이 비산한다.

하지만 안광의 주인은 목적한 바를 이루지 못했음에 빠드득 이를 갈았다.

두 눈동자가 흉광(凶光)을 머금고 번뜩인다.

하지만 비틀린 입술 사이로 흘러나오는 음성은 조금 전처럼 부드럽기 그지없었다.

"으으음. 몽예야! 어디 있니? 이리 나와 보라니까?"

어둠 저편에서 어린아이의 목소리가 울렸다.

"흑무지(黑拇指) 아저씨. 왜, 왜 그래."

흑무지라고 불린 사내의 눈빛이 날카로워졌다.

휘이이이이익!

어둠을 가르며 날아간 흑무지의 손이 어딘가를 가르자 그 손에 아이의 목이 잡혔다.

흑무지는 환하게 웃었다.

"이 생쥐 새끼, 잡았다!"

아이는 콜록거리며 바둥거렸다.

"아, 아저씨. 이거, 놔…… 콜록, 콜록."

아이의 두 눈에서 구슬 같은 눈물이 뚝뚝 흘러내렸다.

"아저씨, 아파. 왜…… 그래."

아이의 모습은 애처롭기 그지없었다. 그래서인지 흉광만을 뿜어내던 흑무지의 눈동자가 또렷해졌다. 오직 탐욕만이 가득했던 머릿속이 찬물이 끼얹은 것처럼 맑아졌다.

그제야 흑무지는 눈앞의 아이와 자신이 상당히 오랫동안 알고 지냈고, 친하다면 친했다는 사실을 기억해낼 수 있었다.

하지만 아이를 놓아줄 생각은 없었다. 단지 변명할 뿐이다.

"모, 몽예야. 이 아저씨가 너무 배가 고파서 그래."

몽예라고 불린 아이는 바둥바둥하며 자신의 품을 가리켰다.

"이, 아저씨. 나 먹을 것 많이 있어. 그거 줄게."

흑무지는 갈등이 되는지 눈동자를 이리저리 굴렸다. 하

지만 이내 입매를 다부지게 고치며 결심했다.

"몽예야, 미안하다. 정말 미안해."

몽예는 더욱 구슬프게 울며 발버둥 쳤다.

"안 돼, 아저씨이. 안 돼. 죽이지 마아."

흑무지는 빈손을 높이 들어 올리며 손날로 몽예의 목을
가리켰다.

"미안하다, 몽예야."

몽예는 겁먹은 얼굴을 이리저리 흔들며 외쳐댔다.

"아저씨이이이이이. 잠시만, 잠시마아안!"

눈물방울이 구슬이 되어 흩어졌다.

너무나 애처롭기에 흑무지는 잠시 머뭇거렸다. 하지만
어쩔 수 없었다. 그도 살아야 하니까. 싸구려 동정은 금물
이었다.

그의 수도(手刀)가 몽예의 목을 향해 날았다.

휘이이익!

그때 몽예의 눈이 반짝였다.

"아저씨, 잠시만이라니까."

휘리리릭.

몽예의 두 손이 서로 엮이자 기묘한 파문이 일었다.

퍼펑!

흑무지의 수도가 중간에서 막히고 뒤로 튕겨 나갔다. 동
시에 몽예는 몸을 휘돌렸다. 아이의 발끝이 흑무지의 턱을

향했다.

하지만 흑무지는 녹림을 대표하는 열여덟 호걸, 녹림십팔웅(綠林十八雄) 중 일인이었던 고수답게 턱 끝을 뒤로 당겨 가볍게 피했다.

"치잇!"

아쉬움이 담긴 짧은 탄성을 뱉으며 몽예는 뒤로 내려섰다.

"아저씨, 이러지 마. 제발 부탁이야. 잠시만, 잠시만 기다려 줘."

흑무지는 눈동자를 좁혔다. 하마터면 당할 뻔했다.

그래. 잠시 잊고 말았지만 이 아이는 만만치 않았다.

저 모습 모두가 가짜다.

죽이지 않으면 죽는다. 그런 삶을 살아온 아이였다. 단 몇 년이 지나면 입장이 바뀌어 버릴 수도 있었다.

그러니 지금 죽여 먹어 버리는 게 옳다.

자세를 정돈한 흑무지의 두 손이 교미를 나누는 한 쌍의 뱀처럼 꼬였다.

흑무지가 녹림십팔웅 중 한 명이 될 수 있었던 무공인 쌍두교조(雙頭鮫爪)였다.

"으윽!"

쉐에이에이에엑!

흑무지의 두 손이 만들어낸 두 개의 머리를 가진 뱀은

몽예라는 소년을 집어삼키기 위해 쇄도했다.

하지만 반쯤 나아가다 말고 안개처럼 흩어져 버렸다.

그 자리에 흑무지가 비틀거리며 주저앉고 있었다.

"으으으음."

더불어 그의 입가를 따라 검은 핏물이 섞여 흘러내렸다.

그는 부들부들 떨리는 손으로 입가를 쓸어 핏물의 색을 확인했다.

먹물처럼 새까맣다.

"도, 독?"

"잠시만, 잠시마안."

아이의 목소리가 변해 가고 있었다. 같은 말을 계속하고 있지만 울음기는 사라지고, 은은하게 살기가 넘실거렸다.

구슬프게 울며 살려 달라 매달리던 아이는 어디에도 없었다.

몽예는 눈동자를 이리저리 굴리며 흑무지를 찬찬히 살폈다. 덫에 걸린 먹잇감을 살피는 사냥꾼 같은 눈이었다.

주문처럼 잠시만이라는 말만 반복하던 몽예는 뭔가를 확인했는지 표정과 자세를 풀었다.

"이제야 들었네."

단조로운 목소리였다. 감정의 기복이 느껴지지 않았다. 그러면서 몽예는 뒤춤에서 칼을 뽑아 흑무지에게 다가왔다.

흑무지가 버둥거리며 일어나려고 안간힘을 썼다. 하지만 검게 물들어 가는 팔과 다리는 아무리 애를 써도 마음대로 움직이지 않았다.

"사, 살려 줘. 제발 살려 다오."

이번에는 흑무지가 눈물을 흘리며 빌었다.

하지만 몽예는 그를 향한 걸음을 멈추지 않았다. 손에 든 단도를 천천히 치켜 올릴 뿐이었다.

흑무지는 다급히 외쳤다.

"자, 잠시만. 잠시만 기다려 다오. 나도 기다려 주었지 않느냐?"

몽예가 그의 앞에 쪼그려 앉았다. 그리고 인형처럼 감정 없는 눈동자로 그를 바라보았다.

흑무지는 몽예의 눈동자가 전하는 말을 알 수 있었다.

"서, 설마, 쇄혼독(碎魂毒)이냐?"

몽예는 고개를 끄덕였다. 그리고 변명하듯 말했다.

"별수 없었어. 아저씨는 강하니까."

그러자 흑무지의 표정이 싸늘히 굳었다. 간절히 뻗던 손이 뚝 떨어졌다.

쇄혼독은 독(毒)의 조종(祖宗)이라고 불리는 사천당문(四川唐門)에서 다섯 손가락에 꼽는 극독 중 하나.

이미 늦었다.

흑무지는 모든 것을 놓은 사람처럼, 속삭였다.

"도와 다오."

몽예는 고개를 끄덕이며 단도를 높이 들어 올렸다.

"마지막으로 할 말 없어?"

흑무지는 눈을 반쯤 감았다. 할 말, 많았다. 하지만 아무 말도 나오지 않았다.

몽예의 칼이 흑무지의 심장을 향해 내려앉았다.

푸욱.

밀려드는 죽음의 고통은 생각보다 아프지 않았다.

몽예는 빛을 잃어 가는 흑무지의 눈을 바라보며 속삭였다.

"아저씨, 다음에 태어나면 무신총에는 들어오지 마."

흑무지는 희미하게 웃으며 입을 뻐끔거렸다. 그는 이리 말하려고 했다.

너도 다음 세상에 태어나면 이 지옥에서 태어나지 말라고……

하지만 그의 입에서는 생의 마지막을 알리는 가는 한숨만이 흘러나올 뿐이었다.

칼을 뽑고 일어난 몽예는 가만히 흑무지의 시체를 내려다보다가 품을 뒤적였다. 자그마한 손에 자그마한 육포 한 조각이 들려 나왔다.

몽예는 아쉽다는 듯 입맛을 다시다가 육포 조각을 흑무지의 손에 쥐여 주었다.

"아저씨, 먹으면서 가."

그리고 한결 가뿐해진 얼굴로 칼에 묻은 피를 휘휘 털어내며 일어섰다.


궁기(窮期)이다.

무신총의 사람들은 새로이 입총(入塚)하는 사람들에게서 식량을 약탈하며 살아간다. 하지만 상당 기간 동안 신입의 유입이 적거나 없을 때가 있다.

그것이 바로 궁기, 바로 요즘이다.

궁기가 오면 힘겹다. 굶어 죽는 이가 여럿 나온다. 덕분에 굶주림에 지쳐 서로 잘 지내던 사람들끼리도 잡아먹는 일이 비일비재해진다.

당연한 일인 거다.

하기에 몽예는 자신을 죽이려 했던 흑무지가 원망스럽지 않았다. 하지만 같은 이유로 그를 죽이게 된 것 또한 후회하지 않았다.

다만 해이했다고 자신을 나무랄 뿐이었다.

평소의 흑무지는 나름 친절한 편이었다. 넉넉할 때는 먹을거리를 나누어 주거나 살기 위한 조언을 해 주기도 했다.

그래서 그에 대한 경계를 조금 소홀했었다.

'경솔했어.'

몽예는 다짐하며 걸었다.

조심 또 조심해야 한다.

신중에 신중을 더해야 한다.

아무도 믿어서는 안 된다.

‘그 누구도!’

예전에는 인성(人性)이 남아 몽예를 지켜 주는 사람이 몇 있었지만, 지금 그들 중 살아 있는 사람은 없다.

가혹한 환경은 독하고 이기적이고 잔인한 자만을 남겨 두었다.

아니면 이곳의 삶이 가혹하다는 것조차 알지 못하는 아이, 몽예 정도만을…….

“오늘도 죽을 뻔했네.”

몽예는 하루살이라는 이름과는 달리, 열두 해가 넘도록 살아가고 있었다. 하지만 당장 내일을 버틸 수 있느냐고 누가 묻는다면 고개를 저을 것이다.

그저 내일까지 살아남기 위해 오늘 닥치는 죽음의 위협에 맞서 싸운다.

무신총이라는 지옥 속에서 태어나고 자란 몽예라는 어린아이에게 삶이란 그랬다.

*　　　*　　　*

무신총은 거미줄과 같다. 넓고 좁은 수백여 개의 통로가 교차하고 그 사이사이로 크고 작은 공동이 자리해 있다.

커다란 공동(空洞)은 힘센 사람이나 패거리가 주인을 자처한다. 반면, 자그마한 공동은 발견하는 자가 주인이다.

하지만 무신총에서 오랫동안 살아온 사람들은 알고 있다. 어지간하게 강하지 않고서는 공동을 주거지로 삼는 건 바보짓이라는 사실을.

공동은 열려 있기 때문이다. 암습을 당하기 쉽고 방어하기는 어렵다.

하기에 몽예는 통로에서 살았다.

위기가 닥치면 어디로든 도망치기 위해서.


발걸음 소리를 죽이며 걷고 있던 몽예는 어느 순간 멈추더니 주변을 두리번거렸다.

기척이 느껴지지 않다는 걸 확인한 후에야 통로 귀퉁이에 손을 뻗어 뒤적거렸다. 그러자 자그마한 구멍이 생겼고 그 안으로 상당한 공간이 엿보였다.

몽예는 재빨리 구멍을 비집고 들어갔다. 그리고 바로 몸을 돌려 입구를 틀어막은 후에야 참았던 숨을 흘리며 엎드려 누웠다.

"휴우."

넓다고 할 수 있는 공간은 아니었다. 하지만 깡마른 아이가 쉬기에는 꽤나 안락한 공간이었다.

그제야 안심이 되는지 몽예의 표정 없던 얼굴이 또래의 아이와 흡사하게 밝아졌다.

그대로 한동안 누워 휴식을 취하던 몽예는 갑자기 벌떡 상체를 일으키더니 아직도 등에 메고 있던 짐 바구니를 풀어 내렸다.

자그마한 손으로 꽁꽁 싸맨 끈을 능숙하게 풀어내고 안을 뒤적거렸다.

"이건 보 아저씨 물건이고. 이건 뭐지? 아! 창(窓) 할아버지 유품이구나."

창 할아버지, 창구정(窓丘整)은 몽예에게 몇 되지 않는 지인이었다.

창구정은 무림에서 활동할 당시, 열 손가락에는 못 들지만 발가락 숫자까지 다 합치면 꼭 이름이 거론되던 고수였다고 했다.

스스로 자랑하기를, 거의 무적(無敵)을 구가했다고 했다. 당연히 무신총 안에서도 그를 상대할 사람은 드물었다.

창구정은 성격이 차가운 사람으로 타인에게 냉정히 대했지만 몽예에게만은 꽤나 관대했다. 그렇다고 애써 보호해 주거나 하지는 않았다. 그저 주변에 얼쩡거려도 내버려 두는 정도였다.

한데 오랜만에 들르게 된 창구정의 거주지는 삭막했다.

구석에 뼈마디밖에 남지 않은 시체 한 구만이 굴러다닐 뿐이었다.

그도 이번 궁기의 희생양이 되고 만 것이다.

식인귀 무리인 아귀중(餓鬼衆)이 한 짓이 분명했다. 창구정의 죽음에 뒤늦은 애도를 표한 후, 아귀중의 사냥이 시작되었다는 사실을 경고해 주려고 흑무지를 찾았다. 하지만 오히려 먹힐 뻔했다.

"쳇!"

그의 죽음이 떠올라 입맛이 썼다.

몽예는 잡념을 끊어내고 창구정의 유품을 들어 올렸다. 표면이 울퉁불퉁한 석판(石版)이었다.

손가락으로 석판을 쓰다듬어 음각되어 있는 문구를 읽어 본다.

"숙살구만도(肅殺九卍刀). 엄숙한 죽음은 길상(吉祥)이며 만덕(萬德)이리니, 아홉 갈래로 길을 정해 걷노라."

몽예의 눈이 반쯤 감으며 창구정을 떠올렸다.

창구정은 언제부턴가 몸이 잘 움직이지 않는다고 하더니 석판을 만들기 시작했다. 당시 몽예는 지금보다 한 뼘이 작았다.

말도 잘 못하던 몽예가 무엇을 하는 거냐고 물었을 때, 그는 살이온 생애를 담는 중이라고 했다.

그의 생애, 삭월도마(朔月刀魔) 창구정이 일흔 나이 동안

이룬 모든 무공.

몽예는 읽고 또 읽었다, 숙살의 도법을.


무신 진무도의 유진은 없다.

혹여 존재할지도 모르지만, 무신총 안에 없는 건 확실하다.

그건 무신총 안의 모든 사람이 인정하는 부분이었다. 제이의 무신으로 거듭나고자 찾아 들어왔던 이들은 절망했다.

하지만, 무신총은 또 다른 보물의 집합소였다.

바로 무신총 안에 들어온 고수들이 남긴 무공들.

그건 이십 년이라는 세월 동안 쌓이고 쌓여 보물의 산을 이루었다.

현재 무신총에서 살아가고 있는 이들은 적어도 수십 종류의 무공을 알고 익히고 있었다.

정사마의 구분조차 없다.

강해질 수 있으면 익히고 약한 무공이면 버릴 뿐이다.

몽예 역시 마찬가지였다. 소년의 작은 머리 안에도 한때 세상을 호령했으나 무신총에 들어왔다가 죽어 버린 이들의 무공 수십 가지가 혼재되어 있었다.

명문의 정종무학부터 외도의 사공, 극악한 마공까지 종류도 다양했다. 그중에는 최고라고 불릴 만한 절세의 무공도 여러 개 포함되어 있었다.

하지만 몽예는 외워만 둘 뿐 대부분 익힐 수가 없었다.

재능이 부족해서가 아니었다.

절세무공이라 할 수 있는 것들은 대부분 명문대파(名門大派)의 비전절기이다. 보통 명문대파들은 무공의 유출을 막기 위해 하나의 무공을 법문(法文)과 구결(口訣)이라는 두 개의 형식으로 분리해 전수했다.

법문은 뜬구름 잡기 식의 비문(秘文)으로 무공을 요약하여 적는다. 그것이 바로 무공비급이다.

한데 구결은 기록되어 전해 내려오지 않는다. 오직 스승의 입에서 제자의 입으로만 전수된다.

이런 이유로 몽예가 외우고 있는 절세무공은 대부분이 법문뿐이어서 해독을 할 수가 없었다.

하지만 다행하게도 절세무공이 아닌 것 중에는 구결 없이도 익힐 수 있는 것들이 몇 가지 있었다.

몽예는 그것들을 본신무공으로 삼아 수련해 왔다.

그중에서도 근간으로 삼은 건 흑심객(黑心客)이라는 살수가 남긴 무공, 흑심잠무(黑心潛霧)였다.

가장 뛰어나서가 아니다.

다른 무공과는 다른 장점이 몇 가지 있는 까닭이었다.

첫 번째가 실수무공답게 기척을 숨길 수 있다는 것이었다. 그건 어리고 약한 몽예에게 그 어떤 절세무공보다 더한

매력으로 다가왔다.

그리도 두 번째는 의외로 흑심잠무가 정종도가의 심공이었기 때문이었다. 사연을 알 수는 없었다. 흑심객이 정파의 제자였거나, 아니면 그의 사문이 정파에서 갈라져 나온 가지일 것이라 짐작할 뿐이었다.

사마외도의 심법은 단기간에 뛰어난 성취를 이루게 할지는 모르지만, 일정한 경지에 오르면 오히려 못하다. 더구나 편협했다. 나중에 보다 나은 무공심법을 얻어 익히려면 불화를 일으켜 주화입마에 빠질 가능성이 높았다.

반면 정종의 심법은 초반의 성취는 미약하나 크고 넓다. 다른 무공심법을 익혀도 거름이 되어 주지, 배척하지 않는다.

이 두 가지 이유로 몽예는 흑심잠무를 선택했었다.

현재를 살기 위해 최선일 뿐 아니라, 내일을 위한 준비이기도 하기에.

계속 살아남으려면 강해져야만 하니까.

'무총사왕(武總四王)만큼!'

어제 얻은 창구정의 석판이 하나의 답을 담고 있었다.

삭월도마 창구정은 고수 중의 고수로, 무총사왕조차 한 수 접어주는 인물이었다.

그러나 창구정의 무공이 몽예가 외우고 있는 무공 중에서 최고라고 할 수는 없었다.

기껏해야 다섯 번째 정도나 되려나?

하지만 창구적의 석판이 가진 장점은 다른 데 있었다. 매우 상세하다는 것이었다. 구결까지 적어 놓은 것이 분명했다.

특히 제일 밑부분에 적혀 있는 독립된 심공은 당장에라도 익힐 수 있을 정도였다.

삭월취광심공(朔月取光心功).

법문의 밑으로 굳이 설명할 필요가 없는 부분까지 주해(註解)가 가득했다, 마치 몽예 또래의 어린아이가 보라며 풀어 주기 위해서인 것처럼.

"창 할아버지……."

그의 냉엄한 얼굴이 떠올랐다. 몽예는 먹먹해지는 가슴을 쓸어버리고 가만히 주저앉았다.

몽예는 지금이 흑심잠무를 버릴 때임을 깨달았다. 아니지, 버리는 것이 아니다. 그 위에 삭월취광심공이라는 두꺼운 구명줄을 덧씌우는 것이다.

몽예는 가부좌를 틀고 앉아 운기를 시도했다.

단전에 잠들어 있는 내공을 불러내 흑심잠무가 아닌 다른 경로로 이끌었다.

삭월취광심공을 몸 안에 담으려는 것이다.

몽예의 단전 부위에 모여 있는 내공이 새로운 흐름을 좇아 노닐기 시작했다.

삭월(朔月),
보이지 않는 달을 품는다.
취광(取光),
삶이라는 끈을 내일로 이어 줄 빛을 모으기 위하여…….

*　　　*　　　*

몽예는 한동안 은신처에서 벗어나지 않고 오직 삭월취광심공과 숙살구만도의 수련에 전념했다.

삭월취광심공은 숙살구만도를 익힐 수 있는 근간이 될 뿐 아니라, 현재 몽예가 주로 사용하고 있는 흑심객의 무공과도 조화로웠다.

흑심잠무가 호수라면 삭월취광심공은 바다였다.

넓고 깊다.

거대한 틀이었다.

익히면 익힐수록 아득하지만 그만큼 커지는 기분이었다.

또한 숙살구만도를 익혀 나가면서 몽예는 지금까지 알고 있던 무의 틀을 깰 수 있었다.

지난 시간 동안 수련에 수련을 거듭하였음에도 아홉 개의 도식 중 전(前) 삼식 이상은 사용할 수도 없었지만, 그것만으로도 예전보다 훨씬 강해졌다는 것을 느낄 수 있었다.

강해지고 있다.

그러한 확신이 생기니 더욱더 숙살구만도와 삭월취광심공에 빠져들었다. 꿈처럼 달콤한 시간이었다. 하지만 어쩔 수 없이 깨어날 수밖에 없었다.

'조금 더 이대로 매진하고 싶은데……'

저장해 두었던 식량이 바닥났다.

강해지려는 건 살기 위해서이고, 살기 위해서는 먹어야 한다. 그리고 먹어야 강해질 수 있다.

몽예는 아쉬움을 삼키며 일어섰다.


무신총의 공동 중에는 물물교환을 위한 장터가 몇 군데 있다. 그곳에서 자신이 필요 없는 것을 내놓고 필요한 것과 교환한다.

거래되는 대부분의 물품은 무기와 식량이다. 간혹 여자가 몸을 팔기도 하고 술이 나올 때도 있다.

그렇기에 장터에서 살인과 약탈은 금지된다. 무신총의 지배자인 무총사왕의 주도하에 약속된 금지조칙이었다.

몽예는 그중 의결인이라고 불리는 집단이 운용하는 의결장(義結場)이라는 공동을 주로 이용했다.

거래 조건이 가장 열악하지만 안정적이라는 이유 때문이 있다.

몽예는 의결장에 들어선 순간, 걸음을 멈추고 스윽 주변을 돌아보았다.

소란스럽게 흥정을 벌이고 있는 이들 중 알던 얼굴이 드물었다. 당해 죽었거나 아니면 죽이러 갔거나 둘 중의 하나다. 물론 전자가 압도적으로 많은 건 분명했다.

하지만 항상 보이는 얼굴은 있다.

몽예는 체구가 큰 중년인을 발견하자 살짝 웃으며 멈췄던 걸음을 옮겼다.

의결장의 터줏대감이라고 불리는 장모봉이라는 사내였다. 몽예는 그의 단골손님으로, 오 년째 거래를 해 오고 있었다.

장모봉은 누군가와 거래를 하는 중이었다.

'여자?'

힐끔 여인을 살폈다. 스물 정도 되었을 것 같다.

눈이 크고 코가 오뚝하며 입술이 붉다. 가슴은 봉곳하고 허리는 가는데 둔부는 둥글었다. 호로병 같은 몸매였다.

무신총 제일의 미녀이며 마녀라는 요희와 꽤나 흡사했다. 이런 용모에 이런 몸매를 어른들이 좋아하는 것 같았다.

그래서일까? 의결장 내의 시선이 그녀에게 몰려 있었다.

하지만 그녀는 애써 외면하는지 아니면 느끼지 못하는지 장모봉만을 향하고 있었다.

"그건 본가의 신물입니다. 제가 부상을 입어 지킬 수가 없었지만 제 목숨보다 귀중한 겁니다."

여인의 어조는 간곡했다.

장모봉은 고개를 절레절레 흔들었다.

"그래도 안 됩니다, 아가씨. 저는 분명 육포 열두 덩어리나 주고 샀습니다."

"하지만 여섯 덩어리밖에 없습니다. 부디 이걸 받으시고 돌려주세요. 부탁드립니다."

장모봉은 고개를 다시 저었다.

"저는 장사치입니다. 손해를 보고 팔 수는 없지요."

"대협, 제발 부탁드리겠습니다."

여인은 털썩 무릎을 꿇었다.

하지만 장모봉은 어림없다는 듯이 몸을 틀었다.

그러는 사이, 몽예가 그들의 앞쪽에 이르렀다.

여인은 기척을 느꼈는지 깊이 숙였던 고개를 몽예에게로 돌렸다.

"아이?"

순간 여인의 커다란 눈이 더욱 커졌다.

"이런 곳에 아이가?"

여인은 몽예를 본 것이 믿어지지 않는지 입까지 쩍 벌어졌다.

몽예는 짜증 어린 얼굴을 한 채 턱 끝으로 그녀를 가리키며 장모봉에게 물었다.

"뭐야?"

"궁기 전에 들어온 아가씨네. 못 들었어? 제갈세가의 금지옥엽(金枝玉葉)이 들어왔다고 난리가 났었는데?"

몽예는 그제야 알겠다는 듯 고개를 크게 끄덕였다. 들은 기억이 있었다.

"아! 그 검 좀 쓴다는 앙칼진 예쁜이? 그게 이 여자야?"

여인은 잘못 들었나 싶어, 눈을 깜빡거리며 말했다.

"앙칼진 예쁜이? 애야, 그 말 나한테 한 거니?"

몽예는 무시하며 그녀를 위에서 아래로 쓸어 보았다.

"보아하니 손이 아직 덜 탄 모양이네? 의원데?"

장모봉은 그녀의 눈치를 보며 설명하듯 말했다.

"취혈승(取血蠅)이 수작 좀 부리다가, 오히려 당해 죽었어."

몽예는 휘파람을 불었다.

"호오, 취혈승을? 제법인데?"

취혈승은 '피를 뽑아내는 파리'라는 별호처럼, 한 번 노린 상대를 십이 시진 내내 얼쩡거리며 피 말리게 하기로 유명했다. 치사하지만 꽤나 강했다. 무신총 내에서 중간 정도는 된다고 할까.

그를 죽였다니.

여인의 무공이 무시하지 못할 수준이라는 의미였다.

“어쩐지 앙칼지다고 하더니.”

여인은 고개를 갸웃거렸다. 외모는 분명 천상에서 내려온 옥동처럼 귀여운데 하는 짓은 영락없이 시정잡배였다.

아이가 아닌가?

‘혹시 왜자(矮者; 난쟁이)인가?’

몽예는 더 이상 관심이 가지 않는 듯 봇짐에서 자그마한 철편 하나를 내밀었다.

“팔비사접(八飛死蝶)이야. 얼마 쳐줄래?”

장모봉에 앞서 여인이 놀라 외쳤다.

“팔비사접? 당문의 십대암기, 팔비사접?”

몽예는 이건 뭐냐는 식으로 그녀에게 눈을 흘긴 후, 장모봉을 돌아보았다.

“다섯 덩이. 어때?”

장모봉은 고개를 저었다.

“안 돼. 네 덩이.”

몽예 역시 고개를 저었다.

“반 덩어리 더.”

“안 돼!”

몽예는 손에 든 쇠붙이를 높이 들어 올려 장한의 얼굴 앞에서 흔들었다.

“아저씨! 이거 팔비사접(八飛死蝶)이라구, 팔비사접! 몰라? 일시팔사(一翅八死). 한 번 날면 여덟이 죽는다. 사천당문의 십대암기 중 하나인 팔비사접!"

여인이 덩달아 외쳤다.

"그래요! 팔비사접이 고작 육포 다섯 덩어리도 안 되다니! 말도 안 됩니다!"

몽예와 장모봉은 이건 또 뭐냐는 식으로 그녀를 노려보았다.

여인은 실태를 깨닫고 헛기침을 했다.

"아니, 저기. 난, 그러니까……."

장모봉이 먼저 그녀에게 관심을 끊고 냉정히 말했다.

"팔비사접이 아니라, 구비사접이라도 네 덩어리 이상은 안 돼."

몽예는 눈을 반쯤 접으며, 장한을 매섭게 쏘아보았다. 하지만 장한의 표정은 변함이 없었다.

"사접투공(死蝶投功)이 포함되었다면 열 덩이, 아니 열두 덩어리라도 줄 수 있지."

사접투공은 팔비사접을 날리는 방법이었다. 투공법이 없는 암기는 그 가치가 반으로 뚝 떨어질 수밖에 없다.

장한은 기대 어린 목소리로 물었다.

"어때? 있느냐?"

여인이 억울하다는 듯이 외쳤다.

"그건 말도 안 됩니다!"

몽예는 끼어들지 말라는 듯이 그녀를 매섭게 쏘아보고

는 장모봉에게 말했다.

"없어."

장한은 아쉬운지 혀를 찼다.

"그럼 나도 별수 없어. 하지만……."

말을 흐리며 주변의 눈치를 살피던 장한은 몸을 수그리더니 자신의 입을 몽예의 귓가에 가져다 댔다.

"인육이라면 여덟 덩어리를 줄 수 있다. 어때?"

몽예는 걸렸다는 듯이 눈빛을 빛냈다.

"의결인이 인육을 팔아도 돼?"

몽예의 목소리가 커서 누가 들을까 봐 장한은 주변을 둘러보며 마른 웃음을 흘렸다.

"농담이야, 농담. 하하핫."

몽예는 스르르 미소를 지으며 작게 속삭였다.

"한 덩이 더."

장한은 쳇 하고 혀를 차며 빼앗듯이 팔비사접을 낚아챈 후, 몽예의 자그마한 손바닥 위에 육포 덩어리 다섯 개를 올려놓았다.

몽예는 환하게 웃으며 육포 덩어리를 보따리 속에 집어넣었다. 그러며 투덜거렸다.

"이제 의결장에도 불안해서 못 오겠어."

장한은 손에 들린 팔비사접을 이리저리 매만지며 물었다.

"왜?"

"시취(尸臭)가 나."

그 말에 장한의 표정이 딱딱하게 굳었다. 시취가 난다는 의미는 장터에 있는 이들 중 인육을 하는 사람이 있다는 의미였다.

의결인은 무신총에 들어온 무인 중 명문정파의 제자들이 결맹한 단체이다.

의결인의 정한 금칙 중 제일칙이 바로 인육을 금하는 것이었다.

간혹 굶주림을 버티지 못해 인육을 섭취하는 이들이 종종 있었지만 들키지 않으려 숨기고 또 숨겼다. 그런데 장터에서 시취가 풍기는데도 느끼는 사람이 드물다는 건 그만큼 식인을 하는 자들이 늘었다는 뜻이었다.

규율이 깨지고 있다.

심각한 문제였다.

장한은 한숨을 내쉬며 중얼거렸다.

"그럴 만도 하지."

몽예는 따라 한숨을 쉬었다.

무신총은 불모지(不毛地)다.

지옥이다.

자생(自生)할 수가 없다.

유혼처럼 떠돌며 아귀처럼 서로를 약탈해야만 살아갈

40

수가 있다.

몽예는 속삭였다.

"다음 개문일에는 신입이 많이 들어와야 할 텐데……."

"그러게 말이다."

궁기가 길어지고 있다는 것이 근원적인 문제였다.

무신총의 입구는 백 일에 한 번 열린다.

그날이 개문일이다.

오직 들어올 수만 있고 나가지는 못하는 문.

그럼에도 무신총에 갇힌 이들은 입구가 열리기를 고대한다. 신입들이 가져온 물건을 약탈하고 궁극에는 그들을 죽여 식량으로 삼고자 함이다.

개문일당 이백 명 이상이 들어와야만 무신총인들의 삶은 현상 유지나마 할 수 있었다.

그런데 이전 두 차례를 통틀어 들어온 신입의 수가 오십이 넘질 않았다.

다음 개문일을 이십여 일 남기고 있는 지금, 무신총 내의 식량은 거의 떨어졌다고 봐야 했다.

지금도 식인 행위가 비일비재하게 이루어지지만, 만약 이십 일 후에도 신입이 들어오지 않는다면 서로 먹고 먹히는 광란이 벌어질 것이다.

"아! 창구성 어른이 아귀중에게 당했디지?"

장한의 말에 몽예는 시무룩한 얼굴로 고개를 끄덕였다.

“응.”

“쯧쯧. 강호십대도객 중 한 명이었던 삭월도마가 그렇게 가시다니 애석한 일이야. 그것도 들었어? 흑산호저(黑山豪豬) 흑무지도 당했다며?”

몽예는 저도 모르게 어깨를 움찔거렸다. 하지만 장한은 보지 못했는지, 설명하듯 말했다.

“참나. 녹림십팔웅(綠林十八雄) 중 하나인 흑산호저마저 아귀중에게 당하다니, 아귀의 난동이 이만저만이 아니야.”

더 이상 듣기 싫기에, 몽예는 봇짐을 조여 매며 말했다.

“이만 갈게.”

“어? 어. 잠깐만 기다려라.”

장한은 짐 바구니에서 자그마한 고깃덩어리 하나를 꺼내 내밀었다.

몽예는 께름칙하여 물었다.

“혹시 인육?”

“이놈이! 그래, 내 팔뚝 살이다.”

몽예는 헤헤 웃으며 받아 들었다.

“고마워, 아저씨.”

장한은 손을 뻗어 몽예의 머리를 쓰다듬으며 부드럽게 말했다.

“노왕이 근일 간에 소집령을 내린다고 하더라. 아마도 뭔가 해결책을 제시할 듯하더만.”

노왕(老王).

무신총을 지배하고 있는 네 명의 왕 중 가장 세가 약하지만, 영향력으로 따지면 제일이라 할 수 있는 인물이었다.

무신총 내 모든 사람의 총의를 모을 일이 발생할 시 노왕이 주로 나서 왔다. 이번엔 일 년 가깝게 지속되고 있는 궁기에 대한 해결책을 거론할 모양이었다.

"뭔가 방법을 내겠지. 그때까지 조심하거라."

"응."

장한은 살짝 미소 지었다.

"또 보자꾸나."

몽예는 마주 웃으며 말했다.

"응. 또 봐."

무신총 안에서 가장 귀한 인사법이다.

또 보자.

다시 보려면 죽지 말아야 한다.

하지만 그러기가 참 쉽지 않다.

몽예는 돌아서서 걸어가려다가 우뚝 멈춘 후 여인을 돌아보았다.

"그 가문의 신물이라는 거 꼭 필요해?"

"네? 아, 네."

분명 나이는 그녀가 대여섯은 많을 것 같은데 함부로 말을 놓을 수가 없었다.

몽예는 잠시 망설이다가 봇짐에서 육포 두 덩어리를 꺼내더니 그녀에게 내밀었다.

"자."

"이걸 왜?"

"이걸 합쳐서 거래해 봐. 여덟 덩어리이면 될 거야."

"네? 하지만 열두 덩어리라고……."

몽예는 손가락을 까딱거렸다. 여인이 얼굴을 가까이 대자 그녀의 귀에 대고 뭐라고 속삭였다.

그런 후에 몽예는 손을 휘휘 저으며 걸었다.

"또 봐."

"아, 네. 또 봐요."

여인은 멀어지는 몽예의 모습을 지켜보다가 장모봉에게 몸을 틀어 말했다.

"인육을 파신다고요?"

장모봉의 얼굴이 사납게 구겨졌다.


몽예는 걸으며 투덜거렸다.

"젠장."

보아하니 그 여인은 예쁘기는 해도 오래 살아남을 것 같지는 않았다. 괜히 신경을 쓴 건가?

여인의 초롱초롱한 눈동자가 죽은 어머니를 닮은 것 같아 마음이 울렸다.

몽예는 머리를 흔들어 생각을 비웠다.

제법 강하다고 하지만 어차피 그런 유형은 오래 버티지 못한다.

무신총에서 살아남으려면 빼앗긴 가문의 신물을 되찾기 위해 애걸할 시간에 먹을 것을 조금이라도 더 얻기 위해 몸이라도 팔아야 했다.

그녀가 그걸 얼른 깨닫지 못한다면 다음에 만날 때는 뼈마디만 남아 굴러다니겠지.

'어머니처럼……'

가슴이 가라앉는 기분이었다.

'응?'

몽예는 갑자기 표정을 굳혔다. 눈동자만이 스르르 움직여 뒤편으로 돌아갔다.

'따라붙었어.'

보이지는 않지만 누군가 따라오고 있는 게 확실했다.

그가 의결장을 주로 이용하는 이유는 뒤를 걱정하지 않아도 되기 때문이었다. 의결인은 규율이 엄격해서 장터를 이용한 자가 갈취를 당하면 범인을 찾아 죽인 다음 널어두었다.

그런데 시취에 약탈 행위까지……

'의결인들도 이제 다 됐구나.'

몽예는 등짐을 조여 매고 내달릴 준비를 했다. 한데 앞쪽에서 불쑥 그림자가 솟아올랐다.

"여, 꼬맹이."

몽예는 걸음을 멈추었다. 의결장에서 얼핏 보았던 사람이었다. 음흉한 웃음을 흘리며 다가오는 사내를 몽예는 날카로운 눈으로 살폈다.

상당히 어설프다.

몽예는 경직되었던 몸을 풀며 짧은 한숨을 뱉었다.

"초짜들이네."

다가온 사내가 어깨를 펴고 두 눈을 뒤룩뒤룩 굴렸다. 그런 위협 어린 태도에도 불구하고 몽예는 가소롭다는 듯이 피식 웃었다.

"나 몰라?"

당돌한 태도에 오히려 사내가 놀란 모양이다.

"뭐?"

"아저씨들 신입이지?"

몽예는 뒤춤에서 자그마한 단도를 꺼내어 역수(逆手)로 쥐었다. 그리고 무릎을 살짝 굽히며 말했다.

"그게 아저씨들이 죽는 이유야."

몽예의 눈동자는 시리게 빛나고 있었다.

*　　*　　*

"잠시만요!"

몽예에게 산 암기, 팔비사접을 매만지고 있던 장모봉은 눈살을 찌푸렸다.

조금 전 실랑이를 벌였던 제갈세가의 금지옥엽이라는 여인이었다.

여인은 다급한 어조로 말했다.

"조금 전 왔던 아이를 노리고 누군가 따라간 것 같습니다!"

"아이? 몽예 말이오? 누가요?"

"저와 같은 시기에 들어온 봉파검문(熢波劍門)의 제자들입니다."

"아, 그 얼간이들? 결국 사고를 치는구만. 쯧쯔쯔."

"이럴 시간이 없습니다. 안내 좀 해 주시겠습니까?"

"왜요?"

"그 소년을 구해야지요."

장모봉은 어처구니없다는 듯이 고개를 저었다.

"에휴. 누가 누구를 구한다는 건지."

"뭐? 그게 무슨 소리입니까?"

"제갈가문의 아가씨, 혹시 절 아시오?"

여인은 고개를 저었다.

"아니요. 그러고 보니 성함도 여쭙지 못했군요."

"제 이름은 장모봉이올시다. 이곳에 들어오기 전에는 칠

권참악이라고 불렸지요. 혹시 들어 본 적 있으십니까?”

여인의 눈의 휘둥그레졌다.

“일곱 번의 주먹질로 섬서삼귀를 죽여 버린 칠권참악(七拳斬惡) 장모봉?”

“아시는구려. 저 힘 좀 씁니다. 이곳에서도 약한 편은 아니지요. 그런 내가 왜 그 아이에게 쩔쩔매는 줄 아시오?”

여인은 눈만 껌뻑거렸다.

장모봉은 한심하다는 듯이 혀를 찼다.

“안타까워서? 싸구려 동정심? 아니요, 아니지요. 이렇게 하면 언젠가 피치 못한 경우가 생겼을 때 그놈이 한 번은 날…….”

그는 팔비사접의 날카로운 날개 면을 매만지며 어깨를 부르르 떨었다.

“……봐줄 것 같아서입니다.”

*　　*　　*

봉파검문의 봉검삼준(熢劍三俊)이라고 하면 항주 인근에서는 꽤나 알아주는 편이다. 하기야 무신총의 장보도를 얻어 무신총에 들어왔다는 건 이미 강호에서 상당한 활약을 한 인물이라는 의미였다.

하지만 두 달쯤 전 무신총에 들어온 이후, 그들은 과거의 자신을 잊고 살아야 했다.

이 지옥에서는 그들보다 명성이 낮았던 자가 없었고 약한 자가 없었다.

빌고 애원해서 의결인이 되지 않았다면 지금까지 버티지도 못했을 터였다.

하지만 궁기가 길어지며 그마저도 힘겨워졌다. 의결인의 배급이 끊어졌기 때문이다.

결국 그들은 굶주림을 견딜 수가 없어, 몰래 통로를 쏘아 다니며 드물게 보이는 썩은 시체를 파먹으며 버텼다. 하지만 근래 들어서는 그마저도 찾을 길이 없었다.

더 이상 버티지 못할 지경에 이른 그들의 눈에 몽예라는 아이는 꽤나 맛스러운 식량으로 보였다.

하지만 그들은 눈치챌 수 없었다.

무신총에서 오랫동안 살아온 의결인들은 몽예라는 그 아이를 한 사람의 성인으로 대우하고 있다는 것을.

정면의 사내, 봉검일준 남정기는 긴장했다. 포동포동 잘 여문 과실 같던 몽예가 단도를 꺼내며 자세를 취하자 차돌같이 단단하게 느껴졌다.

하지만 아이일 뿐이다.

그런 생각에 마음이 풀리는 순간, 기다렸다는 듯이 몽예가 움직였다.

휙!

몽예가 몸을 더욱 낮추어 날아왔다.

"헉!"

남정기는 당황하며 본능적으로 검을 뺐었다. 하지만 이미 몽예는 그의 다리 사이로 스며들었다.

스윽, 스윽.

몽예는 단도를 휘둘러 남정기의 양 허벅지를 가른 다음, 다리 사이로 빠져 나왔다.

"으아아아악!"

남정기는 양 허벅지에서 핏물을 뿌리며 스르르 주저앉았다.

"사형!"

"이놈이!"

뒤쪽을 막고 서 있던 봉검이준 봉준광과 봉검삼준 모진이 땅을 박차며 달려 나왔다. 하지만 몽예의 작은 몸은 남정기의 상체에 가려져 공격을 하기가 어려웠다.

그때, 몽예가 숨은 남정기의 등 뒤에서 나비 모양의 철물이 튀어나와 둘을 향해 날았다.

팔비사접이었다.

휘리리릭!

호선을 그리며 날아오른 팔비사접을 본 봉준기는 뒤로 몸을 날려 피했지만, 조금 늦게 반응한 모진은 들고 있던 검을 떨구고 가슴을 부여잡았다. 심장이 위치한 자리에 팔비사접이 꽂혀 있었다.

모진의 검은자위가 그대로 위로 돌아갔고 몸은 뒤로 넘어갔다.

"사, 사제!"

봉준광은 분노하여 몽예 쪽을 향해 달려가면서 검을 뻗었다.

하지만 남정기의 상체에 가려져 보이지도 않았다. 측면으로 움직이자 미리 짐작한 몽예가 남정기의 상체를 돌려 막았다.

"으읔! 으악!"

뒤에서 무슨 짓을 하고 있는지 남정기는 비명을 질러댔다.

"사, 사제. 살려…… 으아악!"

어떻게 해야 할지 몰라 눈동자만 굴리던 봉준광은 그 비명 소리에 결심했는지 입을 다부시게 나물있나. 그리고 달려와 남정기의 가슴에 검을 찔렀다.

그의 검이 남정기의 흉부를 관통하고 뒤로 빠져나왔다. 이것으로 악귀 같은 꼬맹이의 몸을 꿰뚫었으리라.

하지만 검 끝에 닿는 느낌이 없었다.

그저 절망 어린 남정기의 속삭임의 그의 귓속에 파고들 뿐이었다.

"사, 사제. 네가?"

"사형, 어쩔 수⋯⋯?"

봉준광은 말을 하다 말고 눈동자를 위로 들어 올렸다. 자그마한 동체가 그의 정수리를 향해 떨어져 내리고 있었다.

퍽!

그는 더 이상 말을 할 수 없었다.

몽예는 칼을 닦아 허리춤에 집어넣었다. 그리고 시체가 된 봉파삼준의 품속을 뒤졌다. 잡히는 대로 등짐 속에 쑤셔 넣더니 이제야 모든 일을 마쳤다는 듯이 등을 펴고 일어섰다.

자리를 떠나려던 몽예는 한 걸음 만에 멈춰 서고는 몸을 돌려 세 구의 시체를 둘러보았다.

"다음 세상에는 무신총에 들어오지 마."

감정이 느껴지지 않는 건조한 말투였다.

몽예는 품을 뒤적거려 자그마한 육포 조각 세 개를 꺼냈다.

그리고 시체의 손에 쥐여 주려다가 무슨 생각이 들었는지 다시 품 안에 집어넣었다.

"너희는⋯⋯ 좀 굶으면서 가."

어서 자리를 떠야 했다. 조금 있으면 피 냄새를 맡은 사람들이 들이닥칠 것이 분명했다.

　무사히 은신처에 도착한 몽예는 긴장을 풀고 주저앉았다. 그제야 안심이 되는지 숨소리가 가쁘게 튀어나왔다.
　"하아, 하아, 하아, 하아."
　몽예는 땀에 찌든 얼굴을 매만지며 중얼거렸다.
　"당분간 나가지 말아야겠다."
　하지만 고작 육포 네 덩어리만으로 얼마나 버틸 수 있을까.
　보름?
　길어야 이십 일 정도일 것이다.
　또 목숨을 걸고 나가야 할 때가 온다.
　'쳇.'
　몸이 부르르 떨렸다.
　얼른 강해지고 싶었다.
　통로를 소리 내 돌아다녀도 될 만큼.
　죽음이라는 게 뭔지 몰라도 될 만큼!
　그러려면 삭월취광심공에 매진해야만 한다.
　몽예는 벌떡 상체를 일으켜 앉으며 품속을 뒤적거렸다.
　세 개의 단환이 들려 나왔다. 봉파삼준의 시체를 뒤져 얻은 물건이었다.
　봉파검문이 자랑하는 보물인 파정단(波精丹)으로, 그냥 복용하면 오륙 년 정도의 내력을 얻을 수 있다는 영약이었다.

아마도 봉검삼준은 무신총에 들어올 때 사문의 보고를 털어서 가지고 왔을 것이다. 심각한 내상이라도 입게 되면 복용하려고 했겠지.

'바보들.'

이런 보물을 아직까지 남겨 두고 있었다니. 죽어 마땅한 멍청이들이다.

어찌 되었건 예상외의 보물이었다. 내공이 취약한 몽예로서는 꼭 필요했던 물건이기도 했다.

무신총 내에서 무공비급은 쉽게 구할 수 있지만, 내공을 보할 영약(靈藥)은 구할 방법이 없었다.

몽예는 두 개의 단환을 가만히 바라보았다.

약력을 제대로 흡수하기 위해서는 시간을 두고 복용하는 것이 옳았다.

'하지만, 그만한 시간이 허락될까?'

내일은 없다.

오늘을 버티기 위해 최선을 다해야만 한다.

그것이 하루살이라고 불리는 아이가 열두 해를 버틸 수 있었던 이유이다.

몽예는 두 개의 단환을 단숨에 입속으로 털어 넣었다.

잠시 후 가슴 아래에서 뜨거운 기운이 퍼지는 것을 느끼며 가부좌를 틀고 앉았다.

그리고 삭월취광심공의 법문을 읊조리며, 한 글자 한 글자 마음 속 깊이 새기었다.


　몽예는 고열에 시달렸다.

　고작 이 개월 동안 익힌 삭월취광심공으로는 파정단의 약력을 흡수할 수가 없었다.

　심맥이 터질 듯이 부풀었다. 몸이 물에 잠긴 듯 퉁퉁 부어올랐다.

　죽을지도 모른다는 위기감 속에서 몽예는 갈등했다.

　흑심잠무의 운기공으로 돌려야 하나?

　칠성에 이른 흑심잠무를 운용한다면 심맥 속에 가득 찬 파정단의 기운을 해소할 수 있을 터였다. 하지만 해소일 뿐, 흡수가 아니다.

　고작 이 할 정도만 수거한 후, 나머지 약력은 배출하여 공중에 흩뿌리고 말 것이다.

　하지만 삭월취광심공은 다르다.

　최소 칠 할, 어쩌면 전부를 얻을 수 있다.

　몽예는 매달렸다. 비몽사몽 중에도 삭월취광심공 중 이해할 수 없는 구문을 파고들었고 새로이 깨달을 때마다 바로 기운을 운용하여 행공을 시도했다.

　날이 갈수록 파정단이 뿜어낸 열양의 기운은 점점 흡수되어 사라져 갔고, 삭월취광심공의 성취는 점점 높아져 갔다.

그렇게 시간은 흘러가고 있었다.

*　　　*　　　*

몽예는 저도 모르게 벌떡 일어났다.

마치 누군가가 몸을 열고 찬물을 휙 끼얹은 느낌이었다.

얼마나 지난 것일까?

배가 고프면 네 개의 육포 덩어리를 조금씩 베어 먹고 목이 마르면 저장해 놓은 물을 들이마셨다.

그리고 나머지 시간은 비몽사몽 중에도 삭월취광심공을 운기하는 데에만 썼다.

잠도 자지도 않았던 것 같다. 그저 빠져들었다. 아직도 입술은 더듬더듬 움직이며 삭월취광심공의 법문과 구결을 웅얼거리고 있을 정도였다.

우선 바삐 자신의 몸을 점검해 보았다. 더 이상 열이 느껴지지 않았다. 심맥은 가라앉았고 부어올랐던 몸은 평소로 돌아왔다.

그제야 몽예는 살았다는 실감이 들어 안심할 수 있었다.

"다행이다."

무모한 시도였다. 감당할 수 있을 줄 알았는데 능력 밖의 욕심을 부렸던 것이다.

"어?"

아닌가?

몽예는 몸 밖이 아닌 안을 점검해 보는 순간, 이전과는 다른 자신을 발견할 수 있었다.

단전에 기운이 가득 차 있었다.

이 정도라면 파정단의 약력을 모조리 흡수했다고 볼 수 있었다.

삭월취광심공의 법문을 떠올리며 운용해 보았다.

오성의 수준까지 가능했다.

함몰된 의식 속에서도 살기 위해 한 발악과 파정단의 약력이 가져다준 기연인 듯싶었다.

"이, 이게 얼마야?"

내력 수준을 점검해 봤다.

파정단을 얻기 전에도 몽예의 내공 수위는 나이에 비해 꽤 높았다. 이십 년간 조석으로 운기하여야만 가능할 정도의 공력을 가지고 있었다.

짐작하기를, 얼굴도 기억나지 않는 어머니 덕분이리라 생각했다.

그녀는 어린 몽예가 아플 때면 진신의 내공을 주입하여 회복시켜 주었다고 했다.

무신총 안에서도 손꼽히는 강자였다는 그녀가 채 오 년을 버티지 못하고 죽은 이유는 그 때문일지도 몰랐다.

몽예는 가슴이 내려앉는 기분이 들어 자연스럽게 단전

부위를 매만졌다.

'바보.'

왜 그런 짓을 했을까? 나라면 살아가는 데 조금도 도움이 안 되는 이런 짐 덩어리는 버렸을 텐데.

몽예로서는 도무지 그녀가 이해가 가지 않았다. 어쨌건, 그녀가 주입해 준 이십 년 수위의 내력은 몽예가 살아가는 데 큰 뒷받침을 해 주었다.

그 위에 파정단의 약력을 통해 얻은 십오 년 정도의 공력이 더해졌다.

합이 삼십오 년 수위의 공력.

몽예의 눈이 세찬 빛을 발했다. 목숨을 걸 만한 가치가 있었다. 하지만 만족스러운 수준은 아니었다.

"이 정도면 중간은 되겠네."

강하지도 약하지도 않는 정도의 내력 수준, 그게 사십 년 공력이다.

바깥세상에서는 어떤지 모르겠지만 무신총 안에서는 그랬다.

第二章

무신총 안은 쥐 죽은 듯이 고요했다.

궁기가 길어지면서 모두 개문일만을 기다려 왔는데, 그날이 점점 가까워지자 막상 두려워진 탓이었다.

이번에도 사람의 유입이 적다면 광란이 벌어질 것이다.

모두가 그리 느끼고 있기에 침묵은 무신총 전역으로 퍼져 나갔다.

개문일을 나흘 남겨 둔 날, 무신총 곳곳에서 기묘한 방울 소리가 울렸다.

딸랑딸랑.

못 듣는 이가 없도록 낮은 곳에서 깊은 곳까지 어디에서

나 울려댔다.

그것은 광란을 막을, 어쩌면 광란의 시작을 알릴 신호음이었다.

＊　　＊　　＊

몽예는 등짐을 꼭 붙들어 맸다.

단단히.

아무리 험하게 몸을 놀려도 방해가 되지 않도록.

팔뚝을 감싼 가죽비갑에 철침을 빼곡하게 꽂아 두었다. 무림오대살문 중 하나인 흑선사(黑仙寺) 살수들이 주로 사용하는 암기였다. 주은 것이다.

그리고 몸통을 싸맨 투명한 천을 매만져 보았다. 철잠포(鐵蠶布)라고 것으로, 검기(劍氣)에 베여도 찢기지 않는다고 하는 기물이었다. 역시 주은 것이다.

복대 앞쪽에 팔비사접 두 개를 찔러 넣고, 뒤춤으로 손을 돌려 애병인 단혼도(斷魂刀)가 제대로 꽂혀 있는지를 확인했다.

그제야 준비를 마쳤다 싶은지 몽예는 심호흡을 하며 문을 열었다.

"자, 가 볼까?"

넓이 오백여 장, 높이 백오십여 장에 이르는 호로병 형태를 띤 공동에 백여 명의 사람들이 모여 앉아 있다. 그들은 넋이 빠진 것처럼 멍하니 천장을 올려다보고 있다.

너무 멀어서 보이지는 않지만, 천장의 중심에 바늘이나 겨우 드나들 만한 자그마한 구멍이 하나 있다. 그 구멍은 백 일에 한 번, 단 일각 동안만 반경 수십 장의 넓이로 벌어지고 그때 야망에 불타는 이들이 빗물처럼 쏟아져 들어온다.

그 구멍이 바로 무신총의 입구이자 어쩌면 유일한 출구일지도 모를, 불개침공(不開針孔)이다.

지난 사십 년 동안 수많은 이들이 탈출을 시도했다.

하지만 그 누구도 성공하지 못했다.

벽호공(壁虎功)의 고수인 육지광후(六脂狂猴)가 오르다 떨어져 죽었을 때에도 사람들은 포기하지 않았다. 구름을 차고 하늘을 노닌다는 곤륜의 기인 축운노사(蹴雲老士)가 실패하여 두 다리가 부러졌을 때에도 혹시나 하는 기대를 버리지 않았다.

하지만 사십 년이라는 세월에 버틸 재간은 없었다.

열리지 않는다.

저 바늘구멍 사이로는 영혼조차 빠져나갈 수 없다.

그럼에도 무신총 사람들은 이 자리에 서게 되면 하나같이 불개침공만을 멍하니 올려다보곤 했다. 당장에라도 울

것 같은 얼굴을 하고 말이다.

몽예는 사람들 사이로 들어가 그들처럼 고개를 들어 올렸다.

'저 바깥에 뭐가 있길래?'

다른 사람들을 이해할 수가 없었다.

들은 적은 있다. 하늘은 물색이며 아주 높다고 했다. 대지는 평생을 걸어도 그 끝을 보지 못할 정도로 넓다고 했다. 바다라는 게 있는데 대지만큼 넓고 하늘만큼 깊은 우물이라고 한다.

바깥세상은 그렇게 넓고 커다래서, 말이라는 짐승을 타거나 배라는 물건을 만들어 타고 다닌다고 했다.

다 거짓말이다.

그런 게 있을 리 없다.

하지만 정말이라면…… 한 번쯤은 보고 싶었다.

"어? 안녕하…… 아니, 안녕?"

몽예는 들려온 목소리에 고개를 돌렸다. 아름다운 여인이 웃는 낯을 하고 서 있었다.

몽예는 눈을 좁혔다. 잠시 후 그제야 알겠다는 듯 눈 크기를 키웠다.

"아, 앙칼진 예쁜이?"

몽예는 미소를 지었다.

"안 죽었네?"

64

"몇 번 죽을 뻔은 했지."

보름 전에 보았을 때보다 담대해 보였다. 그녀는 보름 사이 상당한 고난을 겪었나 보다.

하지만 몽예는 콧방귀를 뀌었다.

"살 만했나 보네."

여인은 무슨 소리냐는 듯이 눈을 흘겼다.

"이름이 뭐니?"

"묻기 전에 먼저 말해."

여인은 픽하고 웃으며 말했다.

"내 이름은 제갈설향(諸葛雪香)이란다."


제갈설향은 눈앞의 소년, 몽예가 너무나 신기했다.

'어떻게 이런 아이가 있을 수 있지?'

앳된 얼굴과 키로 보아서는 열두엇이나 될까 싶다. 검은 자위가 남보다 작아, 자그마한 고양이의 눈처럼 보이는 것이 인상적이고 귀여웠다.

머리라도 쓰다듬어 주고 싶을 정도다.

그런데 말투는 산전수전을 다 겪은 노회한 강호인보다 더했다. 그렇기에 말도 쉽게 놓을 수가 없었다.

더구나 기세가 조금도 느껴지지 않는 것도 이상했다.

그녀는 무인이기에 남녀노소 구분치 않고 그 어떤 사람을 만나면 일단 상대방의 수준을 살피게 된다.

나보다 약한가, 강한가?

싸우면 이길까, 질까?

그런데 몽예는 판단이 서질 않았다.

약한 것 같기도 하고 강한 것 같기도 했다. 이길 것 같기도 하고 질 것 같기도 했다.

그저 모호하니 답답할 뿐이었다. 두 수 이상의 윗줄의 고수를 마주할 때 간혹 이런 기분을 느꼈는데, 그렇게 보이지도 않았다.

만약 정말 그만한 고수라면 전설에나 나오는 반로환동을 한 고인이지, 보이는 외모대로의 나이일 수는 없었다.

'혹시 무공의 천재라서?'

제갈설향은 고개를 절레절레 저었다. 그녀야말로 천재였기에 잘 알 수 있었다.

융중검화(隆中劍花) 제갈설향이 천재가 아니면 누가 천재란 말인가!

'근데 여기서는……'

제갈설향은 한숨을 내쉬었다. 지난 백 일 동안 겪은 무신총은 그녀의 무공에 대한 자신감을 산산이 깨트렸다.

고수가 너무 많다. 지나치는 사람 하나도 만만치가 않았다.

눈앞의 소년 몽예조차 승부를 자신할 수 없을 정도이니…….

"내 이름은 몽예야."

앳된 목소리에 제갈설향은 상념에서 깨어나 고개를 끄덕였다.

"몽예? 하루살이? 괴상한 이름이네."

"이름이야 있으면 됐지. 뜻 같은 게 뭐가 중요해."

"그래? 그런데 여기에 사람들이 왜 모인 거야?"

몽예는 어처구니없다는 듯이 콧방귀를 뀌었다.

"뭐야, 모르고 온 거야?"

"사람들이 하나같이 이리로 오길래……."

"알고 싶으면 누구 하나 끌고 가서 고문해."

"고문이라니?"

몽예는 픽하고 웃었다.

"누나, 아직 덜 당했구나?"

제갈설향의 눈이 가늘게 좁혀들었다.

그때였다. 어디선가 종소리가 울렸다.

딸랑딸랑.

종소리는 금세 사방으로 퍼져 나갔고 점점 커졌다.

어느 순간 모여 있던 사람들이 양쪽으로 갈라섰다. 그 사이로 십여 명의 사람들이 모습을 드러냈다. 사람들은 그들의 선두에 선 노인에게 주목했다.

오 척 단신의 체구, 두 손으로 쥔 지팡이가 없으면 걸을 수도 없는지 비틀거린다.

머리는 다 빠져 버려 몇 가닥만이 파뿌리처럼 남아 있고, 저승길이 얼마 남지 않았는지 주름 가득한 얼굴 위로 검버섯이 자욱했다.

노인이 곁을 지나칠 때마다 사람들이 깊게 고개를 숙였다.

제갈설향이 지난 구십여 일 동안 겪은 무신총이란 곳은 노인이라고 공경하지 않았다.

강한 자는 어깨를 펴고 약한 자는 죽는다. 그것이 무신총의 유일한 예(禮)였다.

공경을 다한다는 건 노인이 외양과 달리 위험하고 무서운 사람이라는 의미였다.

제갈설향이 고개를 숙인 채 몽예에게 작은 목소리로 속삭여 물었다.

"저 어르신이 누구기에 사람들이 이러는 거야?"

몽예는 귀찮다는 듯이 얼굴을 구겼다. 하지만 별수 없이 입 모양으로 말했다.

'영장노왕(玲杖老王).'

노인이 바로 무신총의 지배자인 무총사왕 중 일인이며, 무신총 곳곳에 방울을 울려 소집령을 내린 사람이었다.

*　　　*　　　*

이십 년이라는 긴 세월 동안 무신총이 항상 무총사왕의 지배하에 있었던 건 아니었다.

왕(王)이라고 불리는 자들은 종종 바뀌었다. 숫자가 늘었다가 줄기도 했다.

왕이라고 불리는 자가 두 명일 때도 있었고 여섯일 때도 있었으며 셋일 때도 있었다.

하지만 무신총이 열린 이래 지금까지, 오직 한 사람만은 언제나 왕이라고 불렸다.

그가 바로 영장노왕, 방울 지팡이를 든 늙은 왕이다.

영장노왕은 갈라선 사람들 사이를 거닐다가 중심에서 멈췄다.

그러자 뒤편에 서 있던 사내 중 하나가 나서며 들고 있던 간이 의자를 폈다.

의자 위에 앉은 영장노왕은 조용히 눈을 감았다. 소집령을 내린 목적을 거론하기에는 아직 사람 수가 부족하다 여긴 모양이었다.

영장노왕이 자리해 있으니 조심스러움에 침묵이 흘렀다. 하지만 시간이 흐르자 점점 긴장이 풀어지는지 사람들이 소곤거리기 시작했다.

제갈설향도 마찬가지였다.

"아, 저 어른이 영장노왕이구나."

몽예가 대답해 주었다.

“나도 직접 보는 건 네 번째야. 노왕은 좀처럼 모습을 보이지 않지.”

주변 사람들이 목소리가 점점 커졌다.

“노왕이 소집령을 내린 목적이 뭘까?”

누군가 하는 말에 다른 누군가가 답답하다는 듯이 말했다.

“쯧쯔쯔. 머리를 뭐에 쓰려고 달았는지. 궁기가 너무 길어지니 해결책을 내놓겠다는 거 아니겠나.”

“그런가? 그래, 궁기가 너무 길기는 했지. 몰래 비축해 놓은 식량이라도 나누어 주려는 걸까?”

“쯧쯔쯔쯔. 그런 게 남아 있을 리가 있나. 남아 있다고 해도 제 식구들 챙기겠지, 내놓기는 왜 내놔.”

“근데, 이놈이. 그래, 잔대가리 잘 돌아가 좋겠다. 그럼 뭔데? 응? 뭐냐고!”

핀잔을 주던 사람이 목소리를 낮춰 말했다.

“흠, 흠. 뭐, 노왕의 깊은 속을 어찌 알겠나. 좀 기다리면 다 이야기해 주겠지.”

“저도 모르면서 잘난 척은.”

가만히 듣고만 있던 몽예가 낮게 중얼거렸다.

“먹을 게 없으면 만들어야겠지.”

그 말을 들었는지 제갈설향이 물었다.

“무슨 소리야?”

몽예는 고개를 살짝 저으며 더 작은 목소리로 중얼거렸다.

"아무것도 아니야, 아무것도."

제갈설향은 알아듣지 못했지만, 생각이 있는 이들은 하나같이 몽예와 같은 결론을 내리고 있었다.

먹을 것이 없으면 만든다.

의미는 뻔했다.

죽이면 된다.

먹는 입을 줄이면 되고 더 나아가 시체를 식량으로 비축하는 것이다.

'문제는 누굴 죽이냐는 것인데⋯⋯.'

광마당이나 의결인, 아귀중은 아닐 것이다. 그렇다고 영장노왕이 자신을 따르는 총령대(塚玲臺)를 제물로 내놓을 리도 없고.

'나머지려나?'

비록 수는 적지만 사대세력 중 어디에도 속하지 않는 이들이 있다.

그렇게 생각이 이어지자 몽예의 표정이 점점 무거워졌다. 자신 역시 그런 부류에 속한다고 볼 수 있었기 때문이다.

영문을 모르는 제갈설향이 고개를 숙여 물었다.

"뭔데? 응? 뭐야, 뭐."

하지만 몽예는 무겁게 침묵을 고수할 뿐이었다.

　제갈설향은 더 이상 묻지 않고 고개를 휙 돌렸다. 그녀의 시선 속에 가만히 앉아 있는 영장노왕이 들어왔다.
　'저 노인이 이 무신총의 정점이라고?'
　영장노왕에게서는 아무것도 느껴지지 않았다. 오다가다 보았다면 그저 시골 노인네처럼 보였을 것만 같았다. 하지만 무신총 안에 평범한 사람이 있을 리 없었다.
　제갈설향은 기감을 끌어 올려 영장노왕을 세세히 살피려고 했다.
　그때, 몽예가 다급한 어조로 속삭였다.
　"무슨 짓이야!"
　제갈설향은 약간 놀라 눈을 깜빡였다.
　"무슨 짓이냐니? 난 그저……."
　"바보냐! 다 들킨단 말이야."
　몽예는 사나운 표정으로 그녀를 쏘아보며 말했다.
　"이 멍청아. 밖에서는 어떤지 모르겠지만, 이 안에서 누군가를 재어 본다는 건 상대를 먹잇감으로 생각하고 있다는 뜻이야. 그것도 몰라?"
　제갈설향은 느끼는 것이 있는지 아! 하고 짧은 탄성을 뱉었다.
　몽예는 한심하다는 듯이 작게 속삭였다.
　"어떻게 지금까지 살아남았지? 어?"
　두 눈을 꼭 감은 채 앉아 있던 영장노왕의 고개가 자신들 쪽으로 돌려져 있었다.

몽예는 슬그머니 고개를 숙이고 자리를 피하려고 몸을 돌렸다.

그때, 영장노왕이 오라는 듯이 손짓을 했다.

제갈설향은 주변을 살피며 손가락을 들어 자신을 가리켰다.

그러자 영장노왕이 입을 살짝 벌렸다.

『이리로 와 보거라.』

수십여 장의 거리를 두고 있는데도 영장노왕의 목소리는 똑똑히 들렸다.

오직 몽예에게만.

'왜 나를?'

다른 곳으로 피하려던 몽예는 발을 돌려 영장노왕을 향해 내디뎠다.


영장노왕의 앞에 선 몽예는 두 손을 모으고 고개를 푹 숙였다. 나름대로 가장 정중한 인사법이었다.

영장노왕은 그 모습이 마음에 들었는지 살짝 미소를 지었다.

마음씨 좋은 촌 노인네 같은 인상이었다. 하지만 몽예는 오히려 두렵다는 듯이 침을 꿀꺽 삼켰다.

영장노왕이 이십 년 동안 왕이라는 지위를 놓지 않은 건

은밀하고 잔인하기 때문이었다.

그의 눈 밖에 나면 죽는다. 그의 눈 안에 들어도 죽는다.

하기에 보여도 보이지 않아야만 한다. 눈에 뜨이지 말아야만 한다.

그보다 강해질 때까지.

'그리 오래 걸리지는 않아!'

영장노왕의 깊은 눈동자가 자신을 향하자, 몽예는 속마음을 숨기며 일부러 몸을 부르르 떨었다.

"이름이 뭐라고?"

몽예가 대답하기 전에, 영장노왕의 뒤편에 있는 사내 중 하나가 나서서 설명했다.

"몽예라고 합니다."

영장노왕은 듣는 것 같지 않았다. 그저 가만히 몽예를 바라볼 뿐이었다.

"흑심잠무인가. 흐음. 나쁘지 않군."

몽예는 입술을 깨물었다. 그냥 보는 것만으로 무엇을 익히고 있는지 알다니. 무섭다.

"그리고…… 또 뭐가 있는데…… 흐음. 모르겠구먼."

숙살구만도까지는 읽지 못한 걸까? 다행이다. 아니, 불행일지도 모른다.

영장노왕의 호기심을 사고 말았다. 그의 관심을 끊기 위해서는 큰 대가를 지불해야 하리라.

'젠장.'

"몽예라고 했느냐?"

몽예는 깊이 고개를 숙였다.

"예."

"들어 본 적은 있지. 돌보는 사람 없이도 홀로 잘 살고 있는 유령 같은 아이가 있다 했지. 그게 너로구나. 흘흘. 재밌구먼, 재밌어."

몽예는 입술을 피가 날 정도로 깨물었다. 아찔했다.

"호랑이라는 짐승을 아느냐?"

몽예는 고개를 저었다.

"들어 본 적만 있습니다."

"그럼 고양이라는 짐승은 아느냐?"

몽예는 이번에도 고개를 저었다.

"그 역시 들어본 적만 있습니다."

무공구문에는 비유가 많다. 호랑이니 뱀이니 용이니 원숭이니 하는 짐승들이 종종 거론된다.

하기에 몽예는 본 적은 없지만 어찌 생겼고 어떤 습성을 가졌는지 정도는 알고 있었다.

한데 갑자기 호랑이와 고양이를 아느냐 묻는 건 왜일까?

"바깥세상에 손이 없고 발이 네 개인 짐승이라는 것들이

있는데, 그중에서도 가장 사납고 흉포한 것이 호랑이라는
놈이다. 짐승 중의 왕이라고까지 불리지. 반대로 고양이라
는 놈은 가장 약한 놈 중 하나이다. 그런데 호랑이와 고양
이란 놈은 생김새가 매우 닮아, 새끼 때에 섞어 놓으면 제
대로 구분하기가 어렵단다."

대체 무슨 말을 하려는 걸까?

"아이야, 네가 짐승이라면 고양이일 것 같으냐? 아니면
호랑이일 것 같으냐?"

몽예는 침을 꿀꺽 삼켰다.

뭐라고 말해야 할까? 그래야 영장노왕의 기분을 거스르
지 않으려나?

고민하던 몽예는 조심스럽게 입을 열었다.

"고양이도 호랑이도 아닌 것 같습니다. 짐승 중에는 개
라는 짐승도 있다는데, 그것이 저와 같지 않을까 하고 생
각합니다."

말을 마친 몽예는 숙인 고개를 그대로 유지한 채 눈동
자만을 들어 올려 영장노왕의 얼굴을 살폈다.

그의 마음에 들 만한 대답이었을까?

영장노왕의 입매가 스르르 벌어졌다.

"머리가 좋구나."

몽예의 눈동자가 파르르 떨렸다.

'젠장. 이게 아니었나?'

영장노왕은 지팡이를 쓰다듬으며 말했다.

"그래. 너는 호랑이도 아니고 고양이도 아니야. 하지만 개도 아니지. 되었다. 가 보거라."

몽예는 크게 고개를 숙여 인사한 후, 서둘러 자리에서 벗어났다.

영장노왕의 뒤에 서 있던 자 중 하나가 물었다.

"호랑이도 아니고 고양이도 아니고 개도 아니라. 그럼 뭐란 말입니까?"

말투는 공손하지만 태도가 꽤나 건방졌다. 수하가 주인을 대하는 모습으로는 보이지 않았다.

그럼에도 영장노왕은 당연하다는 듯 받아들이며 대답했다.

"호랑이 중에는 호랑이라고 부를 수가 없는 백호(白虎)라는 것이 있지요. 아십니까?"

"본 적은 없소이다."

"저는 새끼 놈을 한 번 본 적이 있소이다. 예쁘지요. 하지만 너무 눈에 띄어서 오래 살아남는 놈이 없습니다. 대부분 제대로 성장하기 전에 천적에게 물려 죽고 맙니다."

"그렇겠습니다."

"하지만 드물게 살아남은 놈이 있는데, 그러면 정말로 무섭지요. 보통의 호랑이 여럿을 뭉친 것만큼 강하고요. 그토록 온갖 역경을 이겨 왔을 터이니 당연하다면 당연한 일이지요.”

“당연하겠군요.”

사내는 더 이상 관심이 없는지 더 이상 말을 건네지 않았다.

대화 상대를 잃은 영장노왕은 사람들 속으로 사라지는 몽예의 뒷모습을 바라보며 작게 속삭였다.

“백호구나, 백호야.”

*　　　*　　　*

돌아온 몽예를 제갈설향은 환한 미소를 지으며 맞아 주었다.

하지만 몽예는 그녀를 피해 뒤로 돌아갔다. 그러자 제갈설향이 옆으로 따라붙었다.

“괜찮았니? 왜 불렀다니? 무슨 일이 생기면 나가려고 했어.”

변명하는 것처럼 들리기에 몽예는 콧방귀를 뀌었다. 더 이상 말도 나누고 싶지 않았다. 이런 모자란 여자 옆에 있다간 애먼 돌에 얻어맞기 십상이었다. 조금 전처럼.

다시 그녀를 피해 자리를 옮기려는데 제갈설향이 눈치 없이 몽예를 따라왔다.

“어디 가니? 같이 가 줄게.”

“어휴.”

눈치가 없어도 너무 없다.

몽예는 한숨을 쉬며 주변을 둘러보았다. 그 잠시 사이에 사람 숫자가 많이 불어 있었다.

어림잡아 삼백은 넘는 듯했다.

무신총의 인구수는 구백에서 천 정도를 유지했다. 최근 들어 숫자가 많이 줄었다지만, 그래도 팔백 이상은 될 것이었다.

그중의 반이 아귀중이니, 무신총에서 나름 이성을 유지하고 있는 사람 중 사분의 삼은 모였다고 볼 수 있었다.

의결인의 우두머리인 결왕(結王)과 광마당의 주인인 철왕(鐵王)은 보이지 않았지만, 그들을 대신할 만한 인사들이 눈에 띄었다.

이번 노왕의 소집령이 큰 변화를 야기할 것이라는 예감을 한 모양이었다.

분위기가 무르익었음인지, 영장노왕이 지팡이에 기대어 천천히 몸을 일으켰다.

영장노왕은 주변을 찬찬히 둘러본 후, 목소리를 높여 말했다.

“오랜만이외다. 잘들 지내셨소?”

여기저기서 한마디씩 외쳤다.

“잘 지냈습니다.”

"노왕께서도 잘 지내셨습니까?"

"배가 고파요!"

누군지 모를 여자가 외친 말에 웃음이 번졌다. 하지만 뒤끝이 쓰기에 모두의 표정이 우울해졌다.

영장노왕은 말했다.

"그렇소. 저도 배가 고프외다. 모두가 그럴 것이라 여기오. 그 이유도 있고 긴히 할 말도 있고 해서, 한 번 모이자고 여러분들을 청했소이다."

모두가 침묵하며 영장노왕의 입을 노려보았다.

생각이 있는 이들은 어느 정도 짐작하고 있었다.

사냥을 벌이자.

우선 잡아 죽여 먹어 치운 후 희생이라고 포장하자.

모두가 기다렸다.

영장노왕의 선언을.

잔인한 나날의 예고를!

하지만 그의 입이 벌어지며 흘러나온 말은 모든 사람의 짐작을 무색하게 만들었다. 아니, 그 정도를 넘어 망치가 되어 머리를 강타했다.

"우리 이제, 무신총을 나갑시다."

第三章

사람이 너무 놀라면 말을 잊기 마련이다.

그저 멍해져 아무 생각도 못하게 되기도 한다.

불개침공 아래 모인 삼백여 사람들이 그랬다.

시간이 흘러가며 사람들이 정신을 차리기 시작했다. 그리고 점차 머릿속이 분노로 채워져 갔다.

나가자고?

무신총을?

나가고야 싶지. 못 나가는 거지, 안 나가는 게 아니잖아.

나이가 어린 몽예라고 해도 마찬가지였다.

'놀리는 건가?'

농이라고 하기에는 수준이 낮고 놀리려는 의미였다면 큰
실수다.

하지만 천에 하나.

아니, 만에 하나…….

'말 그대로의 의미라면?'

몽예의 눈동자가 빛을 발했다.

'뭔가 있어.'

영장노왕은 자신의 뒤에 시립해 있는 사람 중 한 사람
을 향해 고갯짓을 보냈다.

그러자, 사내는 살짝 고개를 숙여 답한 후 앞으로 걸어
나왔다.

영장노왕과 몇 마디 대화를 나누던 건방진 사내였다.

사내는 포권을 지으며 외쳤다.

"석 달 전 무신총에 들어온 황전쾌(黃金快)올시다. 여러
영웅분들께 인사드리오."

상당히 건방진 말투였다. 하지만 사람들은 그의 태도보
다는 자신을 소개하던 말에 주목했다.

"석 달 전이라니?"

"저번에 들어온 신입 중에 저런 자가 있었나?"

"처음 보는데?"

"뭐지?"

사람들의 웅성거리는 목소리는 점점 더 높아져 갔다.

그때, 귀를 찢을 정도의 매서운 기음이 울렸다.

끼이이이이이이이익!

내공이 부족한 자들은 귀를 막고 비틀거렸다.

영장노왕의 방울 지팡이가 만들어낸 소리, 에에령음(曀曀玲音)이었다.

몽예는 눈살을 찌푸리며 영장노왕을 바라보았다. 그때 영장노왕의 시선이 그를 향했다.

두 눈이 마주친 순간, 몽예는 놀라며 귀를 틀어막았다. 그리고 일부러 신음을 흘리며 비틀거렸다.

하지만 영장노왕은 다 안다는 듯이 슬쩍 미소를 지었다. 그의 눈을 피할 수는 없었던 모양이다.

'쳇.'

나이에 어울리지 않게 내력의 수준이 상당히 높은 편이라는 것을 들키고 말았다.

영장노왕에게는 어차피 거기에서 거기 정도겠지만, 들켰다는 게 중요하다.

그가 비유했듯이 고양이와 호랑이는 새끼 때 구분하기 힘들지만, 자라면 달라진다지 않던가.

호랑이 새끼로 보여서는 안 된다. 크기 전에 밟아 죽이려고 들지 모르니까.

'살쾡이 정도로만 봐 주었으면 좋겠는데.'

몽예의 심정을 아는지 모르는지 영장노왕은 미소를 지

우고 흔들던 지팡이를 멈춰 세웠다.

"여러분이 궁금해하실 부분이 많을 것으로 아오. 모두가 설명을 해 드릴 것이니 우선 조용히 경청해 주셨으면 하외다."

말투는 부드럽지만, 음성은 낮게 깔려 위엄이 가득했다.

사람들은 저마다 고개를 끄덕이며 굳게 입을 다물었다.

그제야 영장노왕은 얼굴을 돌려, 옆에 서 있는 황전쾌에게 계속하라는 듯 고갯짓을 보냈다.

황전쾌 역시 알았다며 고개를 끄덕인 후, 다시 입을 열어 외쳤다.

"여러분들이 궁금해하실 것이 많은 줄 아오. 우선, 가장 듣고 싶은 부분부터 말씀드리겠소이다. 저는 무신의 유진을 얻기 위해서가 아니라 여러분들을 구하기 위해 이곳에 들어왔소이다."

사람들이 쑥덕거렸다.

"우리를 구하기 위해?"

황전쾌의 연설은 이어졌다.

"저는 이곳에 무신의 유진이 없다는 사실을 알고 있었소. 왜냐? 바로 저를 보내신 분이 무신의 모든 것을 수습하셨기 때문이오."

사람들은 다시 놀랐다.

무신의 유진이 이곳에 없다는 건 모두가 알고 있는 사실이었다. 하지만 어딘가에 따로 남겨져 있어, 누군가가 얻었을 것이라고는 생각지 못했다.

"그분께서는 말씀하시었소. 세상을 도모하기 이전, 괴소문에 속아 고통을 겪고 있을지 모를 사람들을 구원하는 것이 옳을 것이라고 말이외다. 하기에 우리는 오래전부터 무신총에 대하여 조사를 해 왔소. 결국 이곳에 많은 사람들이 생존해 있다는 단서를 얻었고, 이렇게 제가 여러분 앞에 서게 되었소. 여러분, 이제 세상에 나갑시다!"

사람들은 저마다 서로를 얼싸안고 환호성을 질렀다. 웃으며 울었다. 목이 쉬도록 외쳐댔다.

이 지옥을 벗어날 수 있단다.

이제는 꿈에서도 볼 수 없었던 세상에 다시 설 수 있단다.

기쁨이 넘쳐 서럽기까지 했다.

하지만 이 순간에도 이성을 유지하고 있는 몇몇 사람이 있어, 그중 하나가 외쳤다.

"그럼, 무슨 방법으로 어찌 나갈 수 있다는 거요?"

황전쾌는 기다렸다는 듯 대답했다.

"나흘 후 문이 열릴 때, 여러분을 구해 주기 위해 우리 쪽 사람들이 들어올 것이오!"

"우리 쪽?"

"그렇소! 우리 숭무정(崇武鼎)의 정예들이 말이오!"

숭무정.

그 세 글자는 사람들의 가슴 속에 화인(火印)이 되어 새겨졌다.

*　　*　　*

소식은 빠르게 전해져, 무총사왕 중 결왕과 철왕이 전언을 보내왔다.

그리고 이틀 후, 무총사왕만이 참석하는 은밀한 회담을 열기로 결정됐다.

영장노왕이 산회(散會)를 선언한 이후에도 사람들은 자리를 뜨지 않은 채, 서로를 붙잡고 않아 기쁨을 나누었다.

이틀 후 회담에서 무총사왕이 어떤 조율을 거쳐 어떤 발표를 할지는 알 수 없었지만 무엇이든 좋았다.

나갈 수만 있다면 뭐든지 할 수 있었다.

사람들은 저마다 기쁨의 눈물을 흘리며 외쳐댔다.

"만세다! 무신총 만세야! 보가야, 우리가 나간단다. 이제 나갈 수 있대!"

"어허허허허허허. 딸아이 얼굴 다시는 못 볼 줄 알았는데…… 어허허허허."

"이놈이. 우는 거냐, 웃는 거냐?"

"그러는 네놈은 어떻고? 어허허허허허허허허."

몽예는 씁쓸한 얼굴로 환호하는 사람들을 둘러보다가
천천히 몸을 돌려 걸어갔다.

공동을 벗어나 통로로 들어섰어도 사람들의 웃음소리
는 메아리쳐 들려왔다.

몽예는 그것이 마음에 들지 않는지, 바닥에 보이는 돌멩
이를 걷어차 올렸다.

'이상해.'

뭔가 이상하다.

분명 아귀는 들어맞는다. 하지만 어딘가 이상했다. 꼬집
어 말할 수는 없는데 냄새가 났다.

시취(尸臭)만큼 지독하다.

하지만 몽예가 가장 이상해하는 건 따로 있었다.

'무신총이 그렇게 싫나?'

무신총 안에서 태어나 자라온 그로서는 이해할 수가 없
었다.

지옥이라니.

'어째서? 잘들 살아왔잖아.'

몽예가 납득할 수 없는 건 당연했다.

사람들에게 무신총은 지옥이지만, 그에게 무신총이란 집
이기 때문이었다.

자연스럽게 발길을 은신처로 향하던 몽예는 우뚝 멈추
더니 방향을 돌렸다.

깊고 깊은 어둠 속으로.

의심스럽기만 한 이 상황을 정리하여야만 했다.

몽예는 스스로 머리가 좋은 편이라 생각하기는 하지만, 자신보다 머리가 좋은 사람이 많다는 건 알고 있었다.

그중에서도 가장 먼저 떠오르는 사람.

그리고 무신총 안에서 몽예가 유일하게 기댈 수 있는 사람.

그라면 이 지독한 냄새가 무엇 때문인지 알려 줄 것만 같았다.


무신총의 깊숙한 곳에 커다란 호수가 있다.

너무나 차가워 오히려 뜨겁다 싶을 정도라서 사람들은 이곳을 빙염호(氷炎湖)라고 불렀다.

처음 탈출구를 찾던 사람들은 빙염호 어딘가에 바깥으로 통하는 길이 이어져 있을 것이라고 생각했다.

하지만 빙염호를 아무리 조사해 보아도 출구를 찾을 수가 없었다. 지하 깊은 곳에서 물이 솟아오를 뿐, 지상으로 이어지지 않았다는 것만 밝혀냈을 뿐이었다.

그럼에도 많은 이들이 기대를 버리지 못하고 깊숙이 잠수를 시도했으나, 얼마 지나지 않아 시체가 되어 떠오르기만 했다.

비록 빙염호 속에 출구가 없다는 것이 이미 밝혀졌지만,

그럼에도 이 호수는 무신총인에게 가장 중요한 곳 중 하나였다.

무신총의 유일한 수원(水原)이기 때문이었다.

무신총인들은 오염되는 것을 막고자 빙염호 근처에서는 다투지 않았다.

그건 이성이 사라져 오직 본능에 따라 움직이는 아귀중조차도 마찬가지였다. 그들의 왕인 귀왕(鬼王)이 명령을 내린 까닭이겠지.

여하튼 그런 이유로 빙염호는 무신총 안에서도 몇 손가락 안에 드는 안전 지역이었다. 그렇기에 무신총 안에서 가장 약한 자들이 이곳에 모여 살았다.

몽예 역시 사 년 전까지는 빙염호 주변에서 주거했다.

몽예가 여섯 살 무렵, 그를 지켜 주던 단 한 사람인 어머니가 죽었다.

그전에도 무신총의 하루는 죽음과의 싸움이었지만, 어머니가 죽은 이후 몽예는 단 일각도 버티기가 힘들었다.

그렇기에 빙염호를 찾았지만, 그럼에도 안전할 수는 없었다.

오직 한 사람.

그 한 사람만이 몽예를 도와주었고 스스로 몸을 보전할 수 있을 때까지 보호해 주었다. 그로 인해 몽예는 지금껏 살아 있을 수 있었다.

그의 얼굴이 떠오르니, 감정이 느껴지지 않는 몽예의 눈동자가 부드럽게 풀린다.

'잘 지내고 있나?'

몽예가 빙염호 근처에 이르자 주변에 숨어 사는 사람들이 놀라며 허둥거렸다.

빙염호 주변 지역에서는 살인을 금지했지만, 그렇다고 마음을 놓을 정도로 안전하지도 않았다. 빙염호 안에서야 안전할 수 있지만, 바깥으로 끌려가 죽임을 당하는 건 어쩔 방법이 없는 탓이었다.

실제로 아귀중은 언젠가부터 이 지역을 일종의 식량 저장고쯤으로 여기는 눈치였다.

언제라도 꺼내어 먹을 수 있으니까.

그럼에도 약한 자들은 빙염호 주변을 떠나지 않았다. 빙염호를 벗어나 살며 죽음의 위협에 맞서 싸우기보다 그저 이렇게 잠시의 안락함을 대가로 한 죽음을 선택한 것이다.

'겁쟁이들.'

몽예는 그들을 지나쳐 걸었다.

사람들은 나타난 사람이 몽예라는 것을 확인하자 오히려 다가왔다.

"모, 몽예 맞지?"

"몽예야! 혹시 먹을 것 없느냐?"

"먹을 것 좀 다오!"

몽예는 못 들은 척 무시했다. 그들을 향한 동정이 얼마나 가치가 없는 짓인지 경험으로 알고 있었다.

이들은 동정을 구걸할 줄만 알지, 나눌 줄은 모른다.

어쩌면 이들의 마음 씀씀이는 아귀중보다 못했다. 단 한 사람만을 제외하고는.

사람들의 애원을 무시하며 걷던 몽예는 어느 순간 걸음을 멈추고 한 방향을 바라보았다.

빙염호 가장 깊숙하고 후미진 곳, 호수 위로 솟은 뾰족한 바위 위에 한 사내가 앉아 있었다.

몽예는 사내를 향해 걷다가 수면 앞에서 더 이상 다가가지 못하고 걸음을 멈췄다. 마치 물에 겁이라도 내는 것만 같았다.

"당(唐) 아저씨!"

사내가 살짝 뒤를 돌아 몽예를 바라보았다.

빙염호 근처에 머무는 사람들은 빈곤하기는 해도 외양만은 깔끔하다. 언제든 씻을 수 있기 때문이다.

그런데 이 사내만은 아귀중보다 더 더러웠다. 봉두난발의 머리와 무성한 수염으로 인해 용모가 잘 보이지 않았다.

몽예는 픽하고 실없는 웃음을 흘리며 중얼거렸다.

"더러운 건 여전하네."

참으로 한결같은 사람이다.

"당 아저씨, 오랜만이야!"

사내는 눈매를 가늘게 좁히며 몽예 쪽을 향해 말했다.

"누구?"

몽예는 입술을 삐죽 내밀었다.

"나 몽예야!"

"아, 몽예. 그게 누구?"

"아, 진짜! 할 말이 있으니까 이리 좀 와 봐."

사내는 장난스러운 미소를 지으며 손을 끄덕거렸다.

"네가 오려무나."

몽예는 입술만 깨물었다. 빙염호 속에 뭐가 있기라도 한 것처럼 오히려 뒤로 한 걸음 물러섰다.

그 모습이 웃긴지 당 아저씨라는 사내가 파안대소를 터트렸다.

"푸하하하핫! 그래, 아직도 호저귀(湖底鬼)가 잡아갈까 무서운 거냐?"

호저귀는 빙염호 안 깊숙이에 산다는 귀신을 일컫는 말로, 몽예가 이름 지었고 몽예만이 불렀다.

그만이 보았고 그만이 두려워하기 때문이었다.

하지만 아무리 말해 보아도 사람들은 전혀 믿지 않고 조롱만 할 뿐이었다. 지금처럼 말이다.

억울해진 몽예는 펄쩍 뛰었다.

"정말 봤다니까! 그것도 두 번이나!"

"푸하하하하하핫!"

몽예는 화가 나는지 휙 몸을 돌렸다.

"먹을 것 가져왔는데 그냥 가야겠다."

그러자 당 씨 사내는 벌떡 일어나더니 팔을 넓게 펴며 달려왔다.

"아이구! 잠시만 기다려라. 이 당 아저씨가 가마!"


당명진(唐銘眞)은 오가 중 하나인 사천당가 출신이었다. 그것도 무려 당문십낭(唐門十囊) 중 하나라고 했다.

당씨 문중의 열 개의 주머니.

당문에서도 무공 실력이 열 손가락 안에 들었다는 의미다.

이제는 죽고 없는 창구정이 말했었다. 당명진이 원했다면 무신총의 왕은 넷이 아닌 다섯이었을 거라고.

하지만 몽예는 거기까지 인정하기는 힘들었다.

몽예가 인정하는 건 다른 세 가지였다.

첫 번째는 그가 지독히 더럽다는 것이다. 더러워도 너무 더럽다.

두 번째는 인정이 많다는 것이다. 빙염호 안에서도 가장 약자였던 자신을 아홉 살이 될 때까지 보호해 주었을 정도였다. 빙염호를 떠날 때, 그는 구명줄로 삼으라며 사천당문의 독문암기인 팔비사접 여덟 개를 주면서 투공법을 가르쳐 주기도 했다.

'그중 두 개는 팔아먹었지만……'

마지막으로, 당명진은 몽예가 아는 그 누구보다 매서운 식견의 소유자라는 것이었다.

"우경우경. 그런 일이 있었다고? 흐음. 숭무정? 처음 듣는 이름이군. 탈출할 수 있다라……. 난리가 났겠구만. 허허헛."

당명진은 몽예가 내어준 주먹만 한 육포 뭉치를 한입에 털어 먹은 후 입을 쩝쩝 다셨다.

"근데?"

너무도 담담한 반응이었다. 몽예가 당황스러울 정도였다.

"근데라니. 나갈 수 있다고 했다니까."

당명진은 입속에 손가락을 넣어 치아 사이에 낀 육포 조각을 빼 먹으며 대답했다.

"좋은 일이네."

"그것뿐이야? 기쁘지 않아?"

"기쁠 게 뭐가 있느냐. 아직 탈출한 게 아니지 않느냐?"

"그렇기는 하지. 하지만 나갈 수 있다잖아."

당명진은 엄숙한 얼굴로 물었다.

"경거망동은 금물이다! 내가 뭐라고 했지? 심장은 어디에 있다 했느냐?"

그러자 몽예는 자세를 고쳐 앉으며 정중히 말했다.

"심장은 마음에 있습니다."

말투 역시 이전과는 달리 엄숙했다.

당명진은 다시 물었다.

"그럼 마음은 어디에 있느냐?"

"마음은 의지(意志)에 있습니다."

"의지를 이끄는 것은 무엇이냐?"

"용(勇)입니다."

"그럼 용은 어디에서 나오느냐?"

"인의예지신(仁義禮智信). 어질고 의롭고 예의바르고 지혜롭고 믿음직함입니다."

당명진은 고개를 끄덕였다.

"그렇지. 무(武)는 곧 용(勇)이다. 하기에 급히 일어서서는 아니 되며, 일어나면 멈추어서는 아니 된다. 인의예지신에 부합되는가를 먼저 따져야 한다. 그것이 용(勇)한 자이고, 협(俠)한 자이다. 알겠느냐?"

몽예는 알았다는 듯이 묵직하게 고개를 숙였다.

하지만 당명진은 눈을 부라렸다.

"정말 알겠느냐?"

몽예는 당명진의 눈치를 살피더니 고개를 저었다.

"사실 잘 모르겠어."

당명진은 엄숙했던 표정을 부드럽게 고치며 몽예의 머리를 쓰다듬었다.

‘이 아이를 어찌하여야 하는지.’

바깥에서 태어났다면 세상을 호령할 놈이었다. 하지만 무신총이라는 척박한 환경은 몽예에게 사람의 마음을 가질 수 없게 하였다.

처음 당명진은 몽예를 보았을 때 죽이려고 했다. 하지만 고작 여섯 살밖에 되지 않은 아이를 단지 미래가 걱정된다는 이유로 죽인다는 건 너무도 가혹한 판단이었다.

그렇기에 당명진은 몽예에게 무공이 아닌, 사람다움을 가르쳐 왔다. 무슨 일이 있더라도 인육은 먹지 말도록 엄히 다스렸고, 금기를 범하지 말라고 혼냈다.

하지만 그것만으로는 부족했다.

결국 몽예는 그가 밖에서 보았던 그 어떤 마두보다 위험하고 신중한 살인귀로 성장해 버렸다.

“세상에 나간다라…….”

몽예는 세상에 나간다고 해도 영웅이 될 수 없다. 오히려 세상을 뒤흔들 마귀가 될 것이다.

안타깝지만 그랬다. 그렇다고 죽여서 혼란을 미연에 방지하고 싶지는 않았다.

그래도 아이이다. 빙염호 속에 귀신이 살고 있다고 믿는 순수한 아이일 뿐이다.

“몽예야, 사람을 먹지는 않았지?”

“응. 하지만…….”

몽예는 쭈뼛거리며 그의 눈치를 보다가 말을 이었다.

"죽이기는 했어."

"어쩔 수 없이 그리한 것이냐?"

"응."

"그럼 되었다. 만약 아니라면 이 당 아저씨가 너를 어쩔 수 없이 죽일 것이야. 알았느냐?"

몽예는 시무룩한 얼굴로 투덜거렸다.

"알았어! 근데 나한테 왜 그래? 아저씨는 인육도 먹고 사람도 죽이고, 막 그러잖아! 아저씨는 다 하면서 왜 나만 못하게 해!"

당명진은 씁쓸하게 웃으며 힘없이 말했다.

"나는 괜찮다, 나는 괜찮아."

"왜 아저씨는 괜찮고 나는 안 돼!"

당명진은 습관 같은 한숨을 흘렸다. 몽예가 어찌 알 수 있을까.

무신총에서의 삶을 인정함으로써 세상을 버리고 미래를 지우려는 자신의 결정을……

수십 년 후에야 알 수 있겠지. 아니, 몽예라면 죽는 그 순간까지도 모를 것이다.

몽예의 머리를 쓰다듬던 당명진의 손이 위로 살짝 들렸다가 휙 내려갔다.

퍽!

“어른이 말을 하면 그런 줄 알아!”

“아, 씨! 만날 때려!”

당명진은 살짝 웃더니 다시 부드러운 어조로 말했다.

“몽예야, 이 아저씨를 믿느냐?”

몽예는 고개를 살짝 저었다.

“아니. 믿지는 않아.”

“그래, 믿지 말거라. 아무도, 절대 믿어서는 안 된다. 하지만 이 말만은 믿어라.”

“뭐?”

“앞으로 네가 벌일 일들은 결코 네 잘못이 아니야. 알았느냐?”

“그게 무슨 소리야?”

“그렇게만 알고 있으면 된다. 네 잘못이 아니야. 알았느냐?”

“응.”

당명진은 그것으로 되었다는 듯이 몽예의 머리에 올렸던 손을 거두었다. 그리고 잠시 고민하더니 말했다.

“아마도 숭무정에서 왔다는 황전쾌라는 사내의 말은 사실일 것이다.”

“네? 그럼 나갈 수 있다고?”

“그래. 노왕은 무서운 사람이다. 그가 사람들을 불러 모아 그런 자리를 마련했을 때에는 확실한 근거가 있음이 분

100

명해. 하지만 모든 사실을 다 말하지는 않았겠지."

"모든 사실이라면?"

"짐작이지만, 아마도 숭무정은……."

당명진은 하던 말을 멈추고 침묵했다. 표정이 차갑고 매서워졌다.

잠시 후 이어진 말은 몽예의 표정을 그와 비슷하게 만들었다.

"이 지옥,.무신총을 만든 이들이 아닌가 싶구나."

몽예는 깜짝 놀라 벌떡 일어섰다.

"뭐?"


*      *      *


영장노왕은 힘없이 속삭였다.

"이제 되었소?"

사람들을 모아 놓고 위엄을 보이던 때와는 달리 용모 그대로의 힘없는 노인 같았다.

그 앞에 앉아 있는 황전쾌는 고압적인 자세로 고개를 끄덕였다.

"되었소이다. 소정주님께서 기뻐하실 것입니다."

"분명 약속을 지켜야 하오. 나와 우리 총령대만은 데리고 나가 주어야 하오."

황전쾌는 귀찮다는 듯 눈을 찌푸리며 말했다.
"알았다지 않소. 쯧."


            *     *     *


"무신총의 장보도가 수천 장이나 세상에 깔렸을 때, 생각이 있는 사람들은 누군가가 획책한 음모라고 생각했다. 다만 의도가 무엇인지 알 수 없었을 뿐이었지. 밝히려 했던 사람들은 시간이 흐르며 포기했고, 차라리 드러나기를 기다렸다. 하지만 내가 들어온 십 년 전까지도 아무도 나서지 않았지. 정도를 대변하는 구파오가, 그리고 사마외도를 주창하는 이부삼성(二府三城)의 대치 구도는 깨어질 것 같지가 않았다."

몽예는 고개를 끄덕였다.

진무도가 죽은 후 천하를 양분하는 정사의 세력, 구파오가와 이부삼성은 그도 종종 들었기에 알고 있었다.

"그럼 대체 무신총은 뭘까? 나는 고민 끝에 직접 알아보려 나왔지. 본가 어른들께서 나를 두고 하도 뛰어나다고 하기에 나라면 혹시 무신의 유진을 얻을 수 있지는 않을까 하는 호기(豪氣)도 있었고. 흐흐흐흐. 바보 같은 짓이었어. 흐흐흐."

잠시 자책하던 당명진은 다시 말을 이었다.

"이곳에 들어와 죽을 날만 기다리던 중 갑자기 이런 생각이 들었다. 무신총 안에는 무신의 유진이 없다. 그렇다고 이 무신총을 이용해 무림세력 간의 대치 구도에 혼란을 일으킨 다음, 그 사이를 비집고 일어서려는 세력도 없었다. 그렇다면 대체 왜일까? 어쩌면 무신의 유진 그 자체를 숨기기 위함은 아니었을까? 무신 진무도의 유진을 얻은 누군가가 새로운 무신으로서 세상에 서기 위해 준비할 시간을 벌기 위함은 아닐지……."

몽예는 무거운 침음성을 흘렸다.

"으흠. 그게 숭무정?"

"어쩌면 그럴지도 모르지. 어쩌면……."

'어쩌면'이라 말하지만, 당명진은 확신하는 눈치였다.

몽예는 입을 우물거렸다.

뭔가 수상하다고는 생각했지만 그렇게 큰 그림을 그려 보지는 못했었다. 그러다 문득 생각이 들었는지 고개를 급히 들어 올리며 말했다.

"숭무정은 왜 무신총에 갇힌 사람들을 탈출시켜 주려고 하는 걸까?"

중요한 건 그것이었다.

대체 왜?

이유가 없었다. 당명진의 말대로라면 무신총인에게 숭무정은 원수나 다름없었다.

사흘 후 숭무정의 정예가 들어와 모두를 구원한다고 하여도, 사실이 알려진다면 무신총인들은 피눈물을 흘리며 그들에게 달려들 것이었다.

"뭔가 더 이용할 게 있는 것이겠지."

당명진의 대답에 몽예는 급히 물었다.

"그게 뭘까?"

당명진은 어깨를 으쓱했다.

"그건 나도 모르지."

몽예는 콧방귀를 뀌며 일어섰다. 들을 이야기는 다 들은 듯싶었다.

"나 이만 갈게."

"그래? 먹을 것 더 없냐?"

몽예는 혓바닥을 길게 내밀었다.

"베에에에에. 있어도 안 줘."

하지만 말과는 다르게 봇짐을 열고 육포 덩어리 하나를 꺼내 내밀었다.

"아껴 먹어."

당명진은 웃으며 받아들더니 훌쩍 몽예의 뒤쪽으로 집어 던졌다. 그러자 다가오지 못하고 멀리서 구경만 하고 있던 사람 중 하나가 냉큼 주워 입에 집어넣었다.

몽예는 인상을 쓰며 외치듯 말했다.

"뭐 하는 짓이야!"

“하나를 얻으면 하나는 베풀어야지. 그게 사람이야.”

“사람 같은 소리하고 있네! 그런다고 저들이 고마워할 것 같아?”

“바라지 마라. 행(幸)을 행(行)하니 오롯이 즐겨라.”

“대체 뭔 소리래! 쳇! 아까워라. 다시는 오나 봐라.”

몽예는 투덜거리며 걸음을 옮겼다. 그의 뒷모습을 바라보며 당명진은 빙그레 웃을 뿐이었다. 그러다 갑자기 생각이 났다는 듯이 품을 뒤적여 뭔가를 꺼냈다.

“몽예야! 이것 받아라!”

몽예는 날아온 물건을 받아들고 살펴보았다. 가죽 두루마리였다.

“이제 필요 없는 것 같구나. 네게 주마.”

몽예는 두루마리를 펴 보았다. 길고 복잡하게 선이 그려져 있었다. 무공법문 같은 건 아닌 듯했다.

“이게 뭔데?”

당명진은 환하게 웃으며 말했다.

“무신총의 탈출로.”

“에?”

몽예는 멍하니 서서 눈만을 깜빡거렸다.

*　　　*　　　*

탈출지도를 작성한 건 당명진 본인인 듯했다. 그는 탈출구의 존재를 꽤 오래전부터 알고 있었던 모양이다. 세월이 묻은 가죽 표면이 가닥가닥 갈라져 있으니.

하지만 내용은 상세하여 쉽게 알아볼 수 있었다.

"어처구니없네."

지도를 손에 쥔 사람이라면 누구나 다 허망함을 느낄 터였다.

몽예 역시 마찬가지였다.

숭무정이 알고 있는 탈출구도 바로 이곳이리라는 생각이 들었다.

하지만 또 다른 문제가 보였다. 어쩌면 당명진이 탈출을 시도하지 않은 이유가 이 때문인지도 몰랐다.

탈출구의 위치.

"정말 미묘하네."

무신총인들이 아귀갱(餓鬼坑)이라고 부르는 곳.

아귀중의 거주지였다.


시간은 쏜살같이 흘러갔다. 흥분을 가라앉히지 못하는 사람들의 열기로 인해 무신총이 열기로 달아오른 것만 같았다.

하지만 몽예는 평상심을 유지하며 은신처에 처박혀 삭월취광심공과 숙살구만도만을 수련했다. 심란하기는 했지만 남들처럼 괜히 부화뇌동해서 날뛸 필요는 없었다.

방관자로서 경과를 지켜보는 것만이 지금 할 수 있는 최선이었다.

하지만 이따금 울컥거렸다.

당명진의 말이 사실이라면 자신은 이곳에서 태어나지 않을 수 있었다. 어머니가 곁에서 살아 숨 쉬고 있을지도 몰랐다.

그런 생각이 들 때면 가슴이 아려 왔다.

"숭무정……."

입에 담는 것만으로도 불편한 이름이었다.


무총사왕의 회담이 결렬되었다는 소식이 퍼졌다. 결국 아귀중의 주인인 귀왕이 나타나지 않았다고 했다.

모인 삼왕은 귀왕을 청하기 위해 사람을 여럿 파견했지만, 하나만이 살아 돌아와 나머지는 뜯어 먹혔다는 보고만을 했단다.

결국 귀왕을 제외한 삼왕만의 회담이 치러졌고 함께 숭무정의 정예를 맞이한다는 합의를 했다.

하지만 귀왕이 제외되었다는 건 심각한 문제를 예고했다.

탈출로가 아귀중의 주거지에 있는 것이 확실하다면 상당한 진통을 겪으리라.

그리고 하루라는 시간이 지나갔다.

사람들은 불개침공 아래 모여 앉아 뜬눈으로 지새웠다.

곧 열릴 문 사이로 들어올 구원자들을 맞이하기 위하여.

*　　*　　*

불개침공 아래, 많은 이들이 모여 앉아 있다.

아귀를 제외하고 무신총에서 두 발로 걸어 다니는 사람은 모조리 나온 것만 같았다.

빼곡하게 들어선 사람들 속, 몽예 역시 섞여 앉아 멍하니 하늘을 올려다보고 있었다.

다른 사람들은 밖으로 나가면 하고 싶은 일들에 대해 저마다 떠들어대고 있었다. 하지만 몽예만은 전혀 다른 고민에 빠져 있었다.

가장 기본적인 전제, 정말 탈출할 수 있을까에 대한 부분이었다.

'당 아저씨의 짐작이 맞는다면 승무정이라는 작자들의 의도는 다른 곳에 있을 텐데……'

대체 뭘까?

지난 며칠 동안 계속 고민을 해 봤지만 답이 나오지 않았다.

"잘 지냈어?"

들려온 목소리에 몽예는 한숨을 깊게 내쉬었다.

고개를 돌리니, 제갈설향이 방긋 웃고 있었다.

몽예는 툭 뱉듯이 말했다.

"잘 좀 지내게 좀 가 줄래?"

제갈설향은 못 들은 척, 그저 그의 옆에 앉았다.

몽예는 한숨을 푹 쉬었다.

'이 여자는 대체 왜 자꾸 다가오는 걸까?'

반대로 제갈설향은 몽예가 이상했다. 모든 남자가 그녀의 옆에 있기를 원했다. 어리다고 해서 다르지 않았다. 그런데 몽예만은 마치 벌레 보듯이 무시하고 있었다. 그게 또 신선하게 다가왔다.

제갈설향은 몽예가 들으라는 듯이 말했다.

"나가면 어디 갈 곳 있어?"

"딱히."

"혹시 부모님은?"

"죽었어."

"아! 미안."

몽예는 그녀를 돌아보았다. 대체 뭐가 미안하다는 것인지 알 수가 없었다. 그러다 문득 든 생각에 혼잣말처럼 말했다.

"아, 아버지는 살아 계신다고 했어."

제갈설향은 눈을 동그랗게 뜨고 물었다.

“아버지가 살아 계신다고?”

“응. 어머닌 이곳에 들어오고 나서야 회임하신 걸 알았다고 했어.”

제갈설향은 손뼉을 치며 외치듯 말했다.

“잘됐네!”

“뭐가?”

“뭐가라니? 아버지가 밖에 살아 계신다며?”

“그런데?”

그런데, 라니? 제갈설향은 눈만 깜빡거렸다. 못 알아들었나 싶어서 똑같은 말을 반복했다.

“아버지가 살아 계신다며.”

“그런데?”

“기쁘지 않아? 뵐 수가 있게 되었잖아.”

“왜 봐?”

몽예의 대답에 어이가 없어진 제갈설향은 눈을 크게 뜨고 물었다.

“안 찾아갈 거야?”

“왜 찾아가?”

“왜 찾느냐니? 아버지잖아.”

“그런데?”

제갈설향은 더 이상 아무 말도 하지 못하고 입을 쩍 벌렸다. 사고방식이 좀 다르다는 생각을 했었지만, 이제 보니 달라도 너무 달랐다. 기본적으로 대화가 되지 않았다.

제갈설향은 가만히 몽예의 얼굴을 바라보고 있다가 어느 순간 외치듯 말했다.

"네 아버지잖아! 어떻게라도 찾아가 뵈어야지!"

"굳이 찾을 이유가 있나? 그는 그고 나는 나인데?"

"그라니. 아버지라고, 아버지."

"그게 뭐 대단해?"

"네가 무슨 짓을 하건, 무엇을 했든 간에 상관없이 네 편이 되어 줄 사람. 그게 아버지라는 존재야."

몽예는 가당치도 않다는 듯이 픽하고 웃을 뿐이었다.

제갈설향은 고개를 절레절레 저었다.

"너란 애 당최 모르겠다."

몽예는 콧방귀를 뀌었다.

"나도 누날 잘 모르겠네. 뭐, 알고 싶지도 않고."

제갈설향은 미간을 좁히고, 뭐라고 말을 하려고 했다. 그 순간 모든 사람의 시선이 하늘을 향했다.

몽예 또한 위를 올려다보며 속삭였다.

"열린다."

그 말이 신호라도 된 것처럼 요란한 소리가 울리기 시작했다.

위이이이이잉.

오십여 장 높이 위에 있는 자그마한 구멍 침공이 벌어지며 보다 높아지고 있었다.

침공은 천천히 회전하며 넓어져 갔다.

모여 있는 수백 명의 사람들이 멍청한 얼굴로 그 광경을 바라만 보았다.

침공은 열릴 때면 점점 높아지는 높이만큼 희망을 앗아 가고 절망만을 쏟아부었다.

하지만 오늘은 달랐다.

달라야 했다.

휘이이이이이익!

수십 개의 동아줄이 먼저 쏟아져 내렸다. 그들 역시도 그랬다. 장보도에는 침공이 열리면 본래 위치에 발판이 마련된다고 적혀 있었다. 발판에서 무신총의 바닥까지의 거리가 오십여 장에 달한다고도 친절하게 명시되어 있었다.

하지만 입구는 고작 숨을 스무 번 정도 길게 뽑을 정도의 시간 동안 유지되지만, 그 시간이 흐르면 다시 닫히면서 걸어 둔 동아줄을 끊어 버린다는 부분은 기록되어 있지 않았다.

만약 그 부분이 기록되어 있었다면 들어오지 않았을까?

아닐 것이다.

다른 사람은 몰라도 나만은 제이의 무신이 될 수 있을 거라는 확신에 모두가 불탔었으니까.

동아줄을 타고 수백 개의 짐 바구니가 먼저 떨어졌다.

그리고 이어 수십 명의 사람들이 쏟아져 내렸다.

똑같이 청색의 무복을 입고 무(武)라는·글자가 양각된 견갑(肩鉀)을 착용하고 있었다.

무인들은 내려서자마자 일사불란하게 움직여 일렬로 섰다. 기계가 맞물리는 것처럼 자연스러웠다. 사전에 계획된 대로 움직인다는 태도였다.

시간이 흘러 침공이 다시 다물리기 시작했고, 마지막으로 백색의 장삼을 입은 청년이 내려섰다.

눈썹이 칼날처럼 날카롭고 눈은 크고 또렷했으며 콧대가 높았다. 하지만 입술이 얇고 입매는 가늘어 잘 생기기는 했지만 호감을 가는 인상은 아니었다.

청년이 내려서자 청색무복을 입은 무사들이 일제히 그의 뒤로 섰다.

백의청년은 감정 없는 시선으로 주변을 쓸어 본 후, 한 곳에 멈췄다. 황전쾌와 영장노왕이 서 있는 자리였다.

기다렸다는 듯이 두 사람이 걸어 나왔고, 황전쾌는 깊이 절한 후 영장노왕을 소개했다.

"서문세가의 장로셨던 서문효(西門曉) 어른이십니다. 이곳에서는 영장노왕이라 불리고 계십니다."

영장노왕은 포권을 취했다.

"서문효외다."

백의청년은 마수 포권을 취하며 말했다.

"숭무정의 소정주인 진위건(進衛巾)이라고 합니다."

인사를 나눈 진위건은 바로 주변을 둘러보며 외쳤다.

"이제부터 저는 여러분을 무신총 바깥으로 내보내 드릴 것입니다. 하니 이제부터 제 명령에 따라 주셔야 할 것입니다."

사람들은 환호했다. 하지만 그 속에 묻혀 지켜보고 있는 몽예만은 입술을 깨물며 진위건을 노려보았다.

'명령에 따라라? 언제까지?'

무신총이 아닌 바깥에 나가서도 그러라는 의미로 들렸다. 기분 탓이라고 여기기에는 진위건의 오만한 표정이 너무도 거슬렸다.

'마음에 안 들어.'

第四章

잔치가 열렸다.

숭무정 무사들은 짊어지고 온 식량을 풀어 모두에게 나누어 주었다.

향긋한 술이 넘쳤다. 김이 모락모락 피어오르는 따듯한 고기와 음식이 가득했다. 그럼에도 약탈과 다툼은 없었다. 많아서 서로 나누어 주기까지 했다.

사람들이 외쳤다.

숭무정 만세!

울며 소리쳤다.

진위건 만만세!

하지만 몽예만은 마음에 들지 않는지 낮게 뇌까렸다.

"사육이라도 하겠다는 건가?"

몽예는 조용히 숭무정 무인들의 우두머리인 진위건을 주시했다. 고작 서른 남짓으로 보이는데 삼왕과 대등하게 이야기를 나누고 있었다. 오히려 삼왕이 그를 어려워하는 것만 같았다.

당연하겠지. 아쉬운 쪽이 더 굽힐 수밖에 없으니까.

"안 먹어?"

제갈설향이 고깃덩어리를 내밀며 하는 말에 몽예는 얼굴을 구겼다.

"좀 저리 가지?"

제갈설향은 그것만은 싫다는 듯 픽 웃으며 그의 옆에 앉았다. 그리고 몽예를 따라 진위건 쪽을 노려보며 말했다.

"숭무정이라. 한 번도 들어 본 적이 없는데……."

제갈설향의 표정이 무거웠다.

"하나하나가 꽤나 단련되어 있는 게 본가의 정예무인들에 비교해도 떨어지지가 않아. 더구나 저 소정주라는 자와 황전쾌라는 사람은…… 어느 정도인지 가늠조차 되지 않네. 이런 단체가 지금껏 알려지지가 않았다니 약간 무서운데?"

몽예는 놀랍다는 듯이 그녀를 돌아보았다.

제갈설향은 눈을 좁혔다.

“뭐야, 그 의외라는 눈빛은?”

몽예는 그저 어깨를 으쓱해 보였다.

제갈설향은 눈매를 평소대로 돌리며 물었다.

“그나저나 나가면 뭐 할 거야, 그럼?”

“몰라.”

“우리 집에 갈래?”

“뭐?”

“갈 곳 없으면 나 따라서 우리 집에 가자. 어때?”

몽예는 가만히 그녀를 바라보았다. 대체 무슨 의도로 자꾸 접근하는 걸까?

하지만 제갈설향은 아무런 생각이 없다는 듯이 눈을 초롱초롱 빛내고 있었다.

선한 얼굴이다. 때 묻지 않아 사람에게 믿음을 주는 표정이었다.

그렇기에 몽예로서는 낯설었다. 무신총에서 살아온 십삼 년간 호의를 빙자하며 다가온 사람은 항상 소매 속에 칼을 숨기고 있었다.

“어때?”

제갈설향이 묻는 말에, 몽예는 거절하기보다는 픽하고 웃었다.

“나갈 수 있을까?”

"왜? 숭무정이라는 사람들이 나가게 해 준다고 하잖아."

"순진한 건 좋은데 멍청한 건 안 좋네."

"이게 진짜!"

몽예는 빠르게 눈동자를 돌렸다.

진위건이라는 청년이 삼왕들과 함께 어딘가로 이동하기 위해 일어서고 있었다.

사라지는 그들을 보며 갈등하던 몽예는 결심했다는 듯이 입을 다부지게 다물며 일어섰다.

"어디 가? 얘기하다 말고."

제갈설향이 묻는 말에 몽예는 귀찮다는 듯이 대꾸했다.

"그래, 나가면 누나 집에 갈게. 됐어?"

제갈설향은 활짝 웃었다.

"진짜? 정말이지?"

"왜 저래."

몽예는 고개를 절레절레 흔들었다. 그리고 사람들 사이를 가로질러 빠르게 달렸다. 그가 향한 방향은 삼왕과 진위건이 사라진 쪽이었다.


몽예는 숨을 삼켰다. 아예 쉬지를 않았다. 내기를 분산시켜 기척을 사그라트렸다.

삭월도마의 무공을 얻기 전, 가장 매진하여 익혔던 흑심객의 흑심잠무였다.

흑심객은 예전에 중원오대살수의 한 자리를 차지하고 있었다. 그가 그런 명성을 쌓을 수 있었던 건 강하기 때문이 아니라 스스로 창안한 무공 흑심잠무(黑心潛霧) 덕분이었다.

흑심잠무는 살수비기답지 않게 불가의 명상법에 가까웠다.

스스로를 의식과 사고를 지워 주변의 환경에 동화하는 술법이기 때문이었다.

그럼으로써 흐르는 강물이 될 수 있고 솟은 암석이 될 수 있고 떠도는 바람이 될 수 있었다.

칼이 목까지 파고드는 와중에서야 비로소 느낄 수 있는데 어찌 막으랴.

때문에 흑심잠무는 내력을 요구하지도 않았고 깊은 수련을 필요로 하지도 않았다.

그저 깊이 이해하는 것으로 충분했다. 마공이어서가 아니었다.

불가에서 말하는 돈오돈수(頓悟頓修), 한 번 크게 깨닫는 것으로 충분하다는 수행법에 닿아 있기 때문이었다.

흑심객은 어쩌면 승려였을지도 몰랐다. 아니면 그 역시도 사승이 불가 쪽에 닿아 있거나……

몽예는 어둠 속에 숨은 채 귀를 쫑긋 세우고 진위건과

삼왕이 나누는 대화를 엿들었다.

'굳이 이런 위험을 감수할 필요까진 없는데…….'

왜 이런 무모한 짓을 하고 있는 건지 스스로도 알 수가 없었다.

'젠장. 이게 다 당 아저씨 때문이야.'

그에게서 들은 화두가 깊이 박힌 모양이었다.

행(幸)을 행(行)하라.

이런 행위가 행이라는 것에 포함되는 건지는 알 수 없었다. 다만, 수상한 부분이 있으면 들어서 남들에게 알려야 할 것 같았다.

예상한 대로, 숭무정이 알고 있는 탈출구는 아귀중의 주거지 안에 있는 곳인 듯싶었다.

"대체 무슨 뜻이오? 탈출구까지 갈 수가 없다니!"

진위건은 소리를 질렀다.

이립도 되지 않은 애송이가 언성을 높이는데도 그의 앞에 선 사람은 그저 불편한 안색을 보일 뿐 대꾸하지 않았다.

먼지가 앉은 것 같은 회색 머리에 눈동자가 파란 노인이 대답했다.

"그곳에는 아귀중이라는 집단이 뭉쳐 살고 있소."

의결인의 우두머리 결왕이었다.

강호상의 별호는 용보협개(龍步俠丐)로 개방의 남지장로

(南支長老)였다고 했다. 나이뿐만이 아니라 강호상의 배분으로도 큰 어른이 분명하건만, 진위건의 태도는 너무나 건방졌다.

"그래서요? 어쩌란 거요? 나가기 싫으시오?"

진위건의 말에 결왕은 눈매를 좁히고 입을 지그시 다물었다. 성격이 급하기로 유명한 그답지 않았다. 하지만 두 손만은 주먹을 쥔 채 부들부들 떨리고 있었다.

나갈 수 있다는 희망의 끈이 진위건의 방종함을 보고도 나서지 못하도록 꽁꽁 옭아매고 있는 모양이었다.

하지만 그와 다르게 참을 수 없는 사람도 있었다.

"애송이! 말 좀 조심하지?"

도관과 도포을 입고 길게 수염을 늘어트린 중년 사내, 철왕이었다. 철왕은 바깥에서 습포악선(濕布惡仙)라고 불렸던 자로, 구대문파 중에서도 두 손가락 안에 꼽히는 명문대파인 무당파의 제자였다.

그는 무당파에서도 손꼽히는 기재였지만, 속된 세상을 동경하여 도문을 박차고 나와 온갖 만행을 저질렀다.

무당파는 그를 파문 조치하고 추살령을 돌려 구대문파와 오대세가에 협조를 요청하였다. 하지만 그는 코웃음을 치며 유유히 강호를 유희했다.

결국 복건 일대에 포선도(布仙道)라는 종교 집단까지 만들게 되니, 이부삼성의 주인들과 함께 강호칠마(江湖七魔)

로 엮여 불리기까지 했다.

하지만 무당파를 대표하는 고수이자 신래칠존 중 일인인 검선(劍仙)이 더 이상 지켜볼 수 없노라 외치며 직접 나섬으로써 그의 영화는 종극을 고하고 말았다.

그는 피눈물을 흘리며 도주하였지만 세상천지에 그가 몸을 누일 곳은 없었다.

하기에 그는 무신총을 찾았다.

들어간 자는 나오지 않은 곳.

하지만 현 천하제일검인 검선을 아래로 둘 수 있는 유일한 무공, 무신구절을 얻을지도 모르는 곳.

하지만 현실은 쓰디썼다. 그는 미친 마인들의 주인 정도로 만족해야만 했다.

광마당을 차지하기까지 그가 보였던 신위는 놀랍기 그지없어, 철왕은 무신총 내의 제일고수라고 인정받았다. 너구나 십여 년간 무신총 안에서 살아오며 그는 자신이 한 꺼풀 벗었다는 것을 느끼고 있었다.

이제 밖에 나간다면 그에게 절망을 주었던 검선이라 하여도 무서워 피할 필요는 없을 것 같았다. 그러니 고작 약관을 좀 지난 것 같은 어린놈이 눈에 찰 리가 없었다.

"애송이? 지금 내게 하는 말이오?"

하지만 진위건은 살짝 고개를 들어 올리더니, 이건 뭐냐는 눈으로 그를 깔아 보았다.

철왕은 빙긋 웃으며 속삭였다.

"이거 참. 안 되겠구나. 팔 한 짝만 떼어내고 다시 이야기하자."

휘이이익!

철왕의 손이 진위건을 노리고 뻗어 나갔다. 진위건은 기다렸다는 듯이 쌍수를 마주 날렸다.

콰아아앙!

굉음과 함께 바람이 일었다. 하지만 예상한 것과는 달리 철왕의 권격은 진위건을 어찌하지 못했다.

진위건의 손바닥이 그의 주먹을 붙잡아 가두었기 때문이다.

놀란 철왕의 눈이 부들부들 떨렸다.

반면 진위건은·픽하고 웃음을 뱉었다.

"이 구석에서 왕 노릇 하고 있으니, 세상이 우습나?"

진위건의 손아귀가 안으로 굽혀들자 기이한 소음과 함께 철왕이 이를 악물며 부들부들 떨었다.

그러자 철왕을 보위하기 위해 따라온 광마당의 무인 셋이 앞으로 나섰다. 하지만 숭무정의 무인들이 검을 뽑아들고 그들을 가로막았다.

진위건이 송곳니를 드러내며 속삭였다.

"너희 같은 한심한 족속들은 배려가 계속되면 권리인 줄 알지."

"으으윽!"

철왕이 무릎을 굽혔다. 진위건의 손바닥에 잡혀 있는 주먹은 붉게 빛을 발하고 있었고, 정수리 위로는 허연 김이 길게 피어올랐다. 진위건 역시도 마찬가지였다.

내공의 대결을 벌이고 있는 모양이었다.

결왕과 노왕은 놀라운지 두 눈을 크게 벌렸다.

비록 철왕이 직접 창안한 심법 철양기공(鐵養氣功)은 정종의 틀을 넘은 탓에 내력이 순후(醇厚)하지는 않지만 패도적인 성향을 띠어, 위력만은 무신총 안에서 제일이었다.

그런데 고작 이십 대 후반 정도로 보이는 진위건이 그와 비등하다니.

놀라지 않을 수 없었다.

바깥세상에 이변이 생겨 절대고수가 넘쳐나는 것이 아니라면 이유는 하나였다

진위건이 남달리 강한 것이다.

당장에라도 피를 뿌릴 것같이 분위기가 흉흉해졌다. 하지만 진위건과 철왕은 동시에 손을 떼어냈다.

철왕은 진위건을 매섭게 노려보다가 자신의 손을 쓰다듬으며 낮게 중얼거렸다.

"형옥(炯玉)……."

진위건이 들었는지, 오만한 표정으로 삼왕 모두를 쓸어보며 말했다.

"맞소. 무신 진무도 조사의 진신절기인 무신구절(武神九絶) 중 하나인 곤음형옥장(坤音炯玉掌)이외다."

노왕과 결왕은 무겁게 침음성을 흘렸다.

"무신구절."

일신의 힘만으로 무림을 제패했던 무신의 독문무공.

무신총에 들어온 모든 사람이 원했던 무공이 바로 그것이었다.

허탈해진 삼왕은 씁쓸한 표정을 지었다.

진위건은 그들을 노려보며 선언하듯 말했다.

"내일 출구로 갈 것이오. 삼왕께서는 수하들을 이끌고 앞장을 서시오."

결왕이 당황하여 소리쳤다.

"하지만 그리한다면 아귀중과……!"

그가 말을 맺기도 전에 노왕이 나서서 말했다.

"그러겠소이다."

결왕과 철왕이 놀라며 노왕을 돌아보았다. 노왕은 그들을 향해 어쩔 수 없다는 듯이 말했다.

"큰 희생을 치르더라도 나가야 하지 않겠소."

말이야 옳았다.

귀왕을 설득할 수 없다면 피를 봐서라도 출구를 확보해야만 했다.

영장노왕이 저렇게 나서니 결왕과 철왕은 더 이상 반대

할 수가 없었다.

세부적인 몇 가지 부분에 대해 의견을 나눈 다음, 결왕과 철왕은 일어섰다. 인사를 하고 나서는 그들은 의도했던 것과는 다르게 흘러간 상황 때문인지 어깨가 축 늘어져 있었다.

그때까지 몰래 지켜보고 있던 몽예는 옴지락거렸다.

'나도 갈까?'

하지만 어째서인지 진위건과 노왕은 자리를 뜨지 않고 있었다. 뭔가를 기다리는 것만 같은 느낌이었다.

고민하던 몽예는 오히려 몸을 더 낮췄다.

'좀 더 지켜보자.'

얼마나 지났을까.

침묵 속에 시간만이 흘러가고 있었다.

어느 순간, 통로 쪽에서 뭔기기 움직이는 소음이 들렸다. 그러자, 말없이 앉아 있던 노왕과 진위건이 고개를 돌렸다.

그들이 기다리던 사람이 온 모양이었다.

잠시 후, 음영진 통로를 뚫고 한 사람이 모습을 드러냈다.

나이가 쉰 정도 되어 보였다. 입고 있는 거친 흑의에 대비되어 얼굴이 종이처럼 희었다.

하얀 피부색 때문에 드러난 퍼런 핏줄이 거미줄같이 징

그러웠다.

사내의 등장에 놀란 몽예가 저도 모르게 몸을 뒤틀었다.

'귀왕!'

그랬다.

나타난 사내는 무신총 최대 집단인 아귀중의 주인, 청주 귀왕(靑呪鬼王)이었다.

'어째서?'

*　　*　　*

'들켰을까?'

귀왕의 등장이 너무도 의외였기에 몽예는 숨을 들이켰다. 그로 인해 흑심잠무가 흔들렸다.

찰나라고 할 수 있는 짧은 순간이지만, 저들은 무신총 최강의 고수들이다.

하지만 다행히도 느끼지 못한 모양이었다. 진위건과 노왕은 정중한 자세로 귀왕을 맞이할 뿐이었다.

"어서 오시오."

"기다렸습니다."

귀왕은 포권을 지어 노왕의 인사에 답했다. 그리고 진위건을 향해 돌아섰다.

"많이 컸구나."

진위건은 조금 전과는 달리 환한 미소를 지으며 말했다.

"오랜만입니다, 의숙부님."

"이리 변했건만 나를 알아보겠느냐?"

"어찌 잊겠습니까! 하하하핫! 결국 대성하시었군요."

진위건이 그를 찬찬히 훑어보며 하는 말에 귀왕은 고개를 끄덕였다.

"역시 시정(尸精)을 흡취하는 것이 속성의 비결이었더구나."

진위건은 환한 표정으로 크게 고개를 끄덕였다.

"다행입니다. 정말로 다행입니다."

"다행이지. 이제 우리 진씨 가문이 세상에 다시 우뚝 설 날만이 남았구나. 하하하하핫. 그래, 대형께서는 강녕하시고?"

"네. 말씀을 하지 않으셨으나, 반고일기공(盤古一氣功)을 완성하신 것 같습니다."

귀왕의 눈이 크게 벌어졌다.

"반고일기공을! 드디어!"

반고일기공은 무신구절 중에서도 제일이라고 불리는 무공으로, 혼돈에서 태어나 하늘(乾)과 땅(坤)을 만들어낸 태고의 거신(巨神) 반고의 숨결(一氣)과 같다고 하여 붙은 이름이었다.

"네, 그렇습니다."

“경축할 만한 일이구나. 그래, 바깥에서는 모든 준비를 마쳤느냐?”

“두 분의 백부님과 네 분의 숙부님께서 모두 돌아오셨습니다. 아버님께서 말씀하시길 귀 숙부님과 제가 돌아오는 날, 세상을 도모할 큰 잔치를 벌이겠다고 하셨습니다.”

“좋아, 좋구나. 드디어 시작을 하겠구나!”

“그런데 아귀병단은 모두 이루셨는지?”

“못 미쳤다. 노력했건만 아귀병의 인원을 사백오십밖에 채우지 못했다.”

“그것이 어딥니까? 본가의 초석을 다지는 데 큰 힘이 될 것입니다. 그리고 삼존(三尊)의 흔적은?”

귀왕은 무거운 얼굴로 고개를 저었다.

“찾지 못했다.”

“흐음. 죽었을까요?”

“모르겠구나. 분명 무신총으로 이어진 흔적이 있건만, 정작 이 안에서는 그들의 자취를 찾을 수가 없으니. 그래, 죽일 자와 얻을 자는 선별했느냐?”

진위건은 살짝 고개를 끄덕인 후, 노왕 쪽을 돌아보며 말했다.

“여기 노왕께서 도움을 주셔서 쉽게 선별할 수 있었습니다.”

정작 영장노왕은 우울한 얼굴로 고개를 내렸다. 청주귀

왕은 그런 그를 말없이 바라보다가 다시 진위건에게 고개를 돌렸다.

"그런데 언제까지 놓아둘 참이냐?"

진위건은 살짝 웃었다.

"그렇지 않아도 이제 그만 쥐새끼를 처리해야겠다고 생각했습니다."

그의 눈동자가 스르르 움직여 몽예가 숨어 있는 쪽으로 향했다.

'들켰다!'

몽예는 이를 악 깨물며 위로 몸을 날렸다. 그와 동시에 진위건이 손을 뻗었다.

콰아아앙!

몽예가 엎드려 있던 자리가 터져 나갔다.

피하기는 했지만 반력을 버티지 못한 몽예가 벽에 거칠게 부딪쳤다가 떨어졌다.

"으윽!"

몽예는 몸을 휘돌려 자세를 잡은 후, 오른손을 등 뒤에 매달린 단혼도의 도병에 올렸다. 그리고 왼손은 두 개의 팔비사접을 꺼내어 손가락 안에 숨겼다.

하지만 표정만은 아무것도 모른다는 순진한 얼굴을 하며 말했다.

"저기요, 왜 이러세요?"

진위건은 어이가 없는지 눈썹을 치켜 올렸다.

"뭐야. 애잖아?"

"저기, 제가 길을 잘못 들어와서요. 헤헤헤헤. 저는 이만 갈게요."

몽예가 웃으며 슬금 뒤로 물러서려고 하자, 진위건은 가소롭다는 듯이 픽하고 짧은 웃음을 뱉었다.

"이제 보니 쥐새끼가 아니라 여우 새끼였군."

영장노왕이 한 걸음 나서며 말했다.

"아니요. 여우를 가장한 백호 새끼이지요."

진위건이 가당치 않다는 듯 웃었다.

"푸하하하핫. 백호 새끼요?"

"그렇습니다. 백호 새끼이지요."

영장노왕이 한 걸음 더 앞으로 나섰다.

"어디서부터 어디까지 들었느냐?"

몽예는 아무것도 모르는 아이처럼 눈만 껌뻑거렸다.

"예? 무슨 말씀이신지?"

가만히 몽예를 바라보던 영장노왕은 어느 순간 살짝 고개를 끄덕였다.

"다 들었군."

진위건이 영장노왕을 지나쳐 걸어 나왔다.

"들은 게 없다고 해도 어쩌겠소."

몽예는 이를 악 깨물었다.

위험하다!

몽예는 땅을 박차고 올랐다. 그 순간 진위건의 튀어나오며 몽예를 향해 일장을 뻗었다. 피할 수가 없기에 몽예는 단혼도를 꺼내어 마주 휘둘렀다.

콰아아앙.

손바닥과 칼이 마주쳤음인데 굉음이 울렸다. 쥐고 있던 단혼도의 도신은 반으로 접힌 채 몽예의 아귀를 찢고 튕겨 나갔다.

몽예 또한 뒤로 날아갔다.

"으아아악!"

쩍 벌어진 입에서는 비명 소리와 함께 핏물이 터져 나와 몽예가 날아온 거리만큼 기다란 혈선을 만들었다.

떨어져 바닥을 구르는 몽예를 향해 진위건이 다시 날아들었다.

쇄애애애액!

단 일격의 교환만으로 몽예는 정신을 잃을 정도로 아연했다. 하지만 바람이 갈리는 소리에 애써 정신을 차리고 손에 쥔 두 개의 팔비사접을 내던졌다.

휘리리리링.

손톱만 한 원형의 철편 두 개가 몽예의 손을 떠나자 접혀 있던 날개를 폈다.

두 쌍의 날개를 지닌 나비의 모양이 되어 진위건이라는

꽃을 향해 뻗어 나간다!

진위건은 예상치 못했는지 당황했지만, 두 손만은 습관처럼 움직여 무쌍의 장법인 곤음형옥장을 구사했다.

콰콰콰쾅!

두 개의 팔비사접은 부나비처럼 사그라져 버렸고, 몽예는 다시금 뒤로 튕겨 나갔다.

몽예는 의식이 아득해지는 것을 느끼며 꿈틀거렸다. 일어나려고 버둥거려 보아도 몸이 말을 듣지 않았다.

다만 목 위로는 움직일 수가 있어, 고개를 돌려 진위건 쪽을 돌아보았다.

진위건은 손목을 까딱거리며 천천히 다가오고 있었다.

"신기하구나. 비록 육성의 공력을 사용했다지만 곤음형옥장을 두 번이나 사용하게 만들다니. 요망한 꼬맹이야. 그래, 여우 정도는 아니구나. 백호 새끼 정도는 되겠어. 인정해 주지. 하지만 백호라는 놈은 너무 튀어서……."

휘이이이이잉.

진위건의 오른손이 밝은 빛살을 발하며 타오르기 시작했다.

"살아남는 놈이 드물지."

그 말과 함께 진위건의 오른손이 몽예의 정수리를 향해 떨어져 내렸다.

그때였다.

휘리리리리릭!

통로 저편 어둠 속에서 다섯 개의 팔비사접이 튀어나와 진위건을 향해 쏟아졌다.

"뭐, 뭐야!"

진위건은 몽예의 머리를 부수어 버리려던 손을 돌려 날아오는 팔비사접을 향해 휘둘렀다.

퍼퍼퍼퍼퍽!

팔비사접이 터져 파편과 먼지가 되어 전면을 메웠다. 그 사이를 뚫고 십여 개의 철침이 다시 쏟아졌다.

"감히!"

진위건의 두 손이 뿜어낸 장력은 이번에도 철침을 튕겨냈다. 하지만 그 사이로 흐르듯이 날아온 자그마한 꽃잎 하나만은 곤음형옥장력을 타고 오르며 진위건의 목을 향해 스며들었다.

쉬이이익.

어느 새 날아온 귀왕이 진위건의 곁에 서 있었다. 그의 검지와 중지 사이에 버드나무 잎사귀 같은 철편 하나가 끼어 있었다.

청주귀왕은 손가락에 낀 꽃잎을 눈앞에 가져다 대고 속삭였다.

"사향혈엽(死香血葉)."

암기의 조종인 당문이 자랑하는 십대암기 중 하나로, 한

136

때 한 사람의 별호이기도 했다.

당명진.

귀왕은 진위건을 향해 낮은 목소리로 속삭였다.

"방심했구나. 실력은 있지만 경험이 부족해."

진위건은 부끄러운지 얼굴을 새빨갛게 물들였다. 이어 두 눈이 거칠게 살기를 토했다.

하지만 조금 전까지 바닥에 누워 있던 몽예의 모습이 보이지 않았다.

암기를 날렸던 자가 데리고 도망친 모양이었다.

귀왕은 뒷짐을 지며 걸어 나갔다.

"내가 처리하마."

"의숙부!"

진위건의 불만 어린 외침에 청주귀왕은 왼손을 들어 올렸다. 손가락이 핏물로 젖어 있었다.

"그와 내가 나누었던 공방(攻防)을 보았느냐?"

진위건의 눈이 커다래졌다.

청주귀왕은 그럴 줄 알았다는 듯 다시 몸을 돌려 걸어 나갔다.


몽예는 힘없는 눈을 들어 올려 자신을 이고 가는 사람의 얼굴을 바라보았다.

당명진이었다. 그는 평소에 한 번도 본 적 없는 심각한 표정으로 앞만 바라보며 달렸다.

"당 아저씨……."

"아무 말도 하지 마."

몽예는 눈동자를 돌렸다. 뒤로 빠르게 멀어지는 바닥에 뚝뚝 핏물이 떨어지고 있었다. 당명진의 옆구리가 붉게 물들어 있는 것을 볼 수 있었다.

"당 아저씨, 다쳤……."

"아무 말도 하지 말라니까!"

당명진은 갑자기 멈춰 서더니 이리저리 고개를 돌렸다. 다급한 기색이 역력했다. 그리고 다시 왼쪽으로 달려 나갔다. 그는 달리는 와중에 자신의 품을 뒤져, 잡히는 것마다 몽예의 품에 집어넣었다.

팔비사접을 포함한 여러 가지의 암기였다. 그 안에는 몽예가 아무리 애걸해도 결코 내주지 않던 당명진의 성명암기 사향혈엽까지 포함되어 있었다.

"지금 뭐 하는 거……."

당명진은 오른손으로 벽 쪽을 이리저리 매만지더니 갑자기 힘껏 잡아당겼다. 그러자 몽예 정도 크기의 암석이 빠져나왔다.

휘익!

몽예는 자신의 몸이 앞으로 날아가는 것을 느꼈다. 땅바닥에 몸이 갈려 살갗이 벗겨지는 고통을 이를 악물어 견던 후, 고개를 슬쩍 들어 올렸다.

매우 좁은 통로였다.

나이에 비해 체격이 작은 몽예라고 하여도 기어 다녀야 간신히 통과할 수 있을 정도였다.

빙염호로 이어지는 통로 중 하나지만 무신총 내에서 오직 몽예만이 사용할 수 있었다.

"그길로 빙염호까지 가거라."

"아, 아저씨는?"

당명진은 대꾸치 않고 식은땀이 가득한 얼굴로 소리 없이 웃어 보였다.

몽예는 부들부들 떨리는 눈동자에 당명진의 얼굴을 담았다.

비슷한 표정을 본 적이 있었다.

'어머니……'

빈사지경의 몸으로 빙염호에 어린 몽예를 데려다 내려놓은 후 보이던 그녀의 표정과 똑같았다.

몽예는 고개를 저으며 그를 향해 기어갔다.

"당 아저씨, 안 돼. 그러지 마."

"뭐가 안 돼! 얼른 가, 얼른!"

"아저씨, 그러지 마."

"이놈아! 말 안 들을래!"

당명진은 가슴을 퍽퍽 두들겼다.

"내가 사향혈염 당명진이야. 무총사왕이 합공을 한다고
해도 몸 뺄 정도는 된다."

"거짓말!"

"내가 왜 거짓말을 해! 네놈 달고는 힘들어서 그래. 얼른
가! 빙염호에서 만나자."

"정말이지?"

"그래, 인석아. 한 번 믿어!"

"못 믿어! 아무도 안 믿어! 싫어!"

"한 번만 믿어 보라니까. 얼른 가, 어서! 시간이 없어!"

"진짜다! 진짜로 믿는다! 죽으면 안 돼! 죽으면 내가, 내
가, 아저씨 시체 다 뜯어 먹어 버릴 거야!"

"그래, 믿어. 그러니 어서 가, 어서!"

당명진은 다급히 말하며 서두르라며 손을 휘저었다. 몽
예는 이를 악 깨물며 몸을 돌려 기어갔다. 힐끔 뒤를 돌아
보니, 당명진은 암석으로 통로의 문을 틀어막고 있었다.
암석에 가려 사라지는 당명진의 모습을 바라보며 몽예는
속삭였다.

"믿어. 진짜 믿을 거야."


빙염호에는 아무도 없었다. 승무정을 맞이하기 위해 빙염
호 근처에 머무는 약자들도 모조리 불개침공으로 가 버린
모양이었다.

차라리 다행이었다.

몽예는 먼저 지혈을 한 후, 그토록 싫어하는 빙염호의 시린 물에 몸을 던졌다. 씻고 또 씻어 피를 지우고 피 냄새를 없앴다.

그리고 빙염호 구석에 있는 자그마한 구덩이 속에 파고들었다. 열 살 무렵까지 자신이 머물던 거처였다. 몸이 커버린 탓에 무릎을 굽히고 그 사이에 얼굴을 파묻어서야 겨우 들어갈 수 있었다.

그리고 흑심잠무로 기척을 숨기며 기다렸다. 당명진이 오기만을.

*　　*　　*

진위건은 돌아온 청주귀왕에게 환한 얼굴로 다가가다가 무언가를 보고 발을 멈추었다. 얼굴 역시 딱딱하게 굳었다. 그의 어깨와 옆구리에 꽂힌 사향혈엽을 보았기 때문이었다.

"괘, 괜찮으십니까?"

청주귀왕은 표정 없는 얼굴로 살짝 고개를 끄덕였다. 걱정된 진위건이 그의 몸에 꽂힌 사향혈엽을 매만지려는데, 청주귀왕이 손을 뻗어 만류했다.

"건들지 말거라. 독이 옮는다."

"괜찮습니다."

"괜찮지 않아. 쇄혼독(碎魂毒)이야."

진위건의 얼굴이 다시 딱딱하게 굳었다.

육신뿐만 아니라 영혼조차 잘게 부수어 버린다는 절독(絕毒).

"정말 괜찮으신 겁니까?"

청주귀왕은 고개를 끄덕였다.

"독중제일(毒中第一) 무형지독(無形至毒)이 아닌 이상 나를 어찌할 수는 없지. 다만 아이를 놓친 것이 마음에 걸리는군."

진위건은 물었다.

"당명진이라는 자는 어찌 되었습니까?"

청주귀왕의 얼굴에 처음으로 표정이라는 것이 떠올랐다. 섬뜩하다 싶을 정도로 싸늘한 미소였다.

"어찌 되었겠느냐?"

＊　　　＊　　　＊

몽예는 더 이상 숨어 있지 못하고 구덩이에서 빠져나와 걸었다.

심장이 쿵쾅거리는 소리가 마치 다시 구덩이 속으로 피하라는 절규처럼 들렸지만 모른 척하고 빙염호에서 빠져나왔다.

한 발짝 내디디며 주변을 살피고 다시 한 발짝을 내디뎠다. 그러지 않으면 어디선가 진위건이 나타나 장력을 뿜을 것만 같았다.

시간이 흘렀다.

많은 시간이 흘렀다는 것은 알았지만, 얼마나 지났는지는 알 수가 없었다.

빙염호로 이어지는 여섯 개의 통로 중 어디에서도 사람의 흔적을 찾을 수 없었다.

혹시나 싶은 생각에 몽예는 빙염호가 위치한 곳의 반대편으로 향했다.

혹시나…….

아주 혹시나 하는 생각에 쩔뚝거리며 달렸다.

'뭐야.'

벽이 갈라지고 바닥이 파이고 천장이 내려앉은 공동 속에서 시체 한 구를 찾을 수 있었다.

몽예는 몸을 부들부들 떨며 그 앞으로 다가갔다.

시체를 뒤집어 봤다.

그 순간, 몽예의 눈동자에 습한 막이 어렸다. 무릎이 풀려 털썩 주저앉았다.

"뭐야, 아저씨. 찾아오게 만들고 말이야."

손가락으로 시체를 꾹꾹 찔러 본다.

"일어나. 한 번만 믿어 보라며."

아무리 찔러 보아도 일어나지 않는다.

일어날 수 없다.

일어날 리가 없다.

그걸 알면서도 몽예는 미친 듯이 외쳤다.

"장난해? 뭐 하는 거야! 얼른 일어나 보라니까!"

눈물이 솟아올라 구슬이 되어 뚝뚝 떨어져 내렸다.

"믿어 보라고 했잖아! 얼른 일어나! 일어나라고!"

찌르고 흔들고 때려 보아도, 당명진은 움직이지 않았다.

몽예는 그대로 허물어져 울고 또 울었다.

그리고 다시금 깨달았다. 사람을 결코 믿어서는 안 된다는 것을.

第五章

　“다 알아.”

　뚝. 뚝. 뚝.

　절뚝거리며 걷는 몽예의 뒤로 핏물이 꼬리처럼 뒤따른다. 등 뒤에 업고 있는 당명진의 시체에서 흘러나오는 피다.

　“사실 다 알고 있었어.”

　혼자 걷기도 힘들 정도로 비틀댔지만, 몽예는 당명진의 시체를 내려놓지 않았다. 안간힘을 쓰며 어떻게든 걸었다.

　“자기는 사람 고기 먹으면서 나만은 먹지 못하게 한 거…… 왜 그런 건지 다 알아.”

　몽예는 구슬땀이 뚝뚝 떨어지는 얼굴을 돌려 당명진을

돌아보았다.

"여기서 죽으려고 했지?"

죽은 이는 말이 없다.

그걸 알면서도 몽예는 계속 말을 걸었다.

"여기서 살다가 죽으려고 했지? 그래서 탈출구를 알았어도 나가지 않은 거지? 그치? 인성을 잃은 사람들을 데리고 나가 봐야 난리나 벌일 게 뻔하니까. 아무도 못 나가게 막고 같이 죽으려고 했지? 그치? 아저씨가 뭔데? 지장보살이야?"

몽예는 이를 악물며 울음을 삼켰다.

지옥에 직접 들어가 죄지은 중생을 구제하고 교화한다는 부처 지장보살과 같은 마음이었을까?

당명진은 그러한 마음으로 자신을 돌보았던 걸까?

"다 안다고, 다! 나만, 나 혼자만은 어떻게든 내보내려고 했던 거지? 그래서 사람답게 살라고 혼낸 거지? 그치?"

몽예는 흐르는 눈물을 닦지도 않고 계속 걸었다.

"그러는 거 아니야. 내가 아저씨를 두고 갈 줄 알았어? 다 알아! 창 할아버지에게 나를 가끔 보살펴 달라고 한 것도 아저씨지? 내가 모를 줄 알아!"

악을 쓰던 몽예는 털썩 주저앉았다.

"다 알고 있었다고. 흐윽. 다, 모두 다. 흐으으윽. 그래서…… 너무 좋았어. 그래서 아저씨만은 믿었어."

뚝. 뚝. 뚝. 뚝.

핏물 속에 몽예의 두 눈에서 흘러나온 물방울이 섞여 떨어지고 있었다.


빙염호에 도착한 몽예는 주변을 둘러보았다. 여전히 아무도 없었다. 잔치가 아직도 계속되고 있는 모양이었다.

차라리 다행이었다.

몽예는 빙염호 속으로 걸음을 옮겼다. 너무도 차가워 뼛속까지 시리지만 몽예의 얼굴에는 표정이 없었다.

어렸을 적 두 번이나 보았던 빙염호 속의 귀신인 호저귀를 무서워해서 빙염호의 물에는 발가락 하나 담그지 않았는데, 지금은 그 역시도 견딜 만했다.

몽예는 손발을 놀려 빙염호의 중심부에 솟아오른 바위 근처까지 다가갔다. 그리고 바위를 한 손으로 잡고 업고 있던 당명진의 시체를 앞으로 돌렸다.

본래 잘 씻지 않아 더럽던 당명진의 얼굴에 말라붙은 핏물까지 뒤덮여 있었다.

"더러워."

몽예는 손에 물을 모아 그의 얼굴에 끼얹고 닦아내어 보았다.

덕지덕지 붙어 있는 땟물을 지우니 용모가 제대로 드러났다. 문사풍의 선이 가느다란 용모였다.

세월의 흐름을 알려 주는 주름을 만져 본다. 미간보다 눈가와 입가에 주름이 많았다.

웃으며 살았다는 것이겠지.

생지옥과 같은 이곳에서 살아왔으니 웃을 만한 일이 있을 리 없었다. 고난과 한탄의 나날을 웃으며 넘겼다는 것이겠지.

몽예는 부드러운 미소를 지으며 중얼거렸다.

"이렇게 잘생겼었어? 씻고 좀 살지."

또 가슴이 먹먹해졌다. 돌멩이가 가슴속에 잔뜩 들어차 꽉 틀어막고 있는 듯한 기분이었다.

너무나 많이 울어서 이제는 마른 줄 알았는데 또 눈물이 샘솟는다.

"아저씨, 어떤 멍청한 누나가 그러더라. 무슨 짓을 하건 무슨 짓을 했든 간에 네 편이 되어 줄 사람이 있다고. 그게 아버지라는 존재래. 그때 말은 하지 않았는데, 난 아저씨가 생각났어."

몽예는 당명진을 꼭 보듬어 안았다.

"아저씨, 고마웠어. 그리고 미안해. 나, 아마도 조금 있다가 따라갈 것 같아. 조금 있다가 보러 갈 테니까, 화내지 마. 알았지?"

몽예는 당명진을 힘겹게 끌어 올려 바위 위에 눕혔다.

"나 갈게. 복수 같은 거 하려는 거 아니야. 그냥, 가슴이 너무 아픈데, 사람 좀 잡아먹으면 괜찮을 것 같아서 그래. 알았지? 복수는 아냐. 그러니까 혼내지 마.”

변명하듯 말한 몽예는 몸을 돌렸다. 하지만 발길이 떨어지지 않는지 자꾸 머뭇거렸다. 다시금 흘러나오는 눈물을 닦고 또 닦는다.

“으흑. 왜, 죽어. 왜애. 으흐흐흑.”

휘이이이이잉.

갑자기 빙염호 속에서 두 개의 푸른 빛살이 퍼져 올랐다. 두 개의 빛은 마치 몽예를 노려보는 것만 같았다.

“호저귀?”

울면 호저귀가 나온다.

이전에 호저귀를 보았던 두 번의 경우에도 몽예는 울고 있었다. 그때도 지금처럼 빛이 터져 나오며 거대한 무언가가 튀어나오려는 듯이 빙염호 전체에 파문이 일어났었다.

무섭고 두려워서 자지러질 듯 울며 도망쳤다. 당명진을 깨워서 그의 품에 파고들었다.

하지만 호저귀에게서 자신을 지켜 주리라 믿었던 당명진은 죽어 버렸다. 그렇기 때문일까?

빛살이 두렵지 않았다. 일렁이는 빙염호의 파문 역시 무섭지 않았다.

몽예는 담담한 어조로 두 개의 푸른 빛살을 향해 속삭였다.

"호저귀야, 부탁할게. 우리 당 아저씨는 먹지 말아 줘. 대신 내가 꼭 돌아올 테니까, 나를 먹으렴. 알았지?"

두 개의 푸른 빛살이 움직이더니 몽예의 얼굴을 비추었다. 일렁이던 파문은 점점 가라앉고 빛살은 천천히 사그라졌다.

알아들은 걸까?

몽예는 조금 더 기다려 보았다. 호저귀는 다시 물속 깊숙이 사라졌는지 빙염호는 잔잔하기만 했다.

그제야 몽예는 손발을 움직여 수면 밖으로 나갔다.

더 이상 눈물은 흐르지 않았다. 슬픔에 물들어 울먹이던 아이는 더 이상 존재하지 않았다.

섬뜩한 살광(殺光)이 두 눈에서 뻗어 나왔고 전신으로 빙염호의 물보다 시린 한기가 흘러나왔다.

"죽일 거야. 다 먹어 버릴 거야."

몽예는 성큼성큼 걸었다.

터져 버릴 것처럼 몸을 가득 메운 울분을 풀어내기 위하여!


몽예가 떠난 자리, 빙염호의 중심부에 원형의 파문이 일기 시작하더니 사방으로 퍼져 나갔다.

휘이이이이잉.

소용돌이가 생기며 빙염호의 중심부가 깊숙하게 파여 들었다.

그 안에서 뭔가가 조용히 솟구쳐 올랐다.

사람.

한 개의 머리와 두 개의 팔, 그리고 두 개의 다리를 지닌 그것은 분명 사람이었다.

물기에 젖은 긴 머리가 얼굴에 달라붙어 있어 용모가 보이지 않았다.

다만 머리카락 사이로 드러난 두 개의 눈동자만은 푸른 광채를 뿌리며 넓게 주변을 밝혔다.

사내의 시선은 바위 위에 눕혀져 있는 당명진에게로 향했다. 물끄러미 바라보고만 있던 그는 다시 몸을 돌렸다.

휘이이이잉.

빙염호의 소용돌이가 가라앉는 대신, 사내의 전면부가 양옆으로 갈라진다.

사내는 당연하다는 듯이 걸었다. 우연인지, 아니면 필연인지 그가 향하는 곳은 몽예가 걸어간 방향과 같았다.


*　　　*　　　*


불개침공 아래에서 벌어진 잔치는 이틀이 되도록 계속되고 있었다.

사람들은 먹고 마시며 웃고 떠들기도 지쳤는지 이곳저곳에 널려 누워 있거나, 아는 사람끼리 모여앉아 잡담을 즐기고 있었다.

숭무정의 무인들은 그들 사이를 누비며 모자란 것이 있으면 내어 주었다.

마치 장사 잘 되는 객점의 점소이처럼 친절했다. 하지만 그들의 표정 없는 얼굴과 사무적인 태도는 사람들로 하여금 결코 쉽게 대할 수는 없게 하였다.

사람들은 너무나 기뻤다.

맛있게 먹고 즐겁게 놀았다.

경계할 필요도 없으니 어깨를 나란히 하고 서로 어울릴 수도 있었다.

그들이 이토록 풍요로운 휴식을 만끽한 건 무신총에 들어온 이후 처음이었다.

하지만 시간이 흐를수록 사람들의 들떴던 심정은 점차 가라앉았다.

바깥세상에서 살 때 이보다 맛난 것을 먹고 다녔던 것이 떠올랐다. 이보다 좋은 술을 먹었던 것도 떠올랐다. 아름다운 여인의 살결을 쓰다듬으며 호기롭게 외쳐대던 나날이 자꾸만 떠올랐다.

나갈 수 있다고 여기니 나가고만 싶었다.

어서.

지금 당장 이 지옥에서 벗어나자!

나가자!

　그것이 바로 숭무정이 의도한 바라는 것을 그 누구도 알지 못했다.

　굶주린 짐승에게 먹을 것을 내놓으면 아귀다툼이 벌어진다. 통제할 수가 없다.
　하기에 짐승을 조련하려면 적당한 먹을거리와 채찍을 번갈아 사용해야만 한다.
　짐승도 그러할진대 사람은 오죽할까.
　"이제 분위기가 무르익은 것 같습니다."
　진위건의 말에 청주귀왕은 고개를 끄덕였다.
　"그런데 정말 괜찮으십니까?"
　청주귀왕은 다시 고개를 끄덕였다. 하지만 진위건은 못 미더운지 그를 가만히 바라보았다.
　청주귀왕의 하얀 얼굴을 수놓은 시퍼런 핏줄이 처음 보았을 때와는 다르게 탁해 보였다. 그는 지난 하루 내내 운기행공을 통해 쇄혼독을 몰아내려고 힘썼다.
　하지만 쇄혼독은 역시 오대극독 중 하나라는 명성답게 모두 배출되지 않은 모양이었다.
　"마지막으로 계획을 점검하여 보자."
　청주귀왕의 말에 진위건은 고개를 끄덕였다. 그리고 멀찍이 떨어져 앉아 있던 영장노왕에게 고갯짓을 했다.
　건방지기 그지없는 태도지만, 영장노왕은 느끼지 못하는

지 노구를 움직여 그들을 향해 다가왔다.

영장노왕이 자리하자 진위건이 입을 열었다.

"우선 노왕께서 총령대를 이끌고 선두에 서실 것입니다. 그러니 숙부께서는 약속대로 아귀중에게 명령하여 우선 길을 열어 주시면 됩니다."

"그리고?"

"그 후는 약속된 대로 무신총인들의 죽음을 제물로 대법을 완성하면 될 겁니다."

가만히 듣고만 있던 영장노왕이 불쑥 말했다.

"꼭 모두 죽여야 하겠소?"

진위건은 짜증 어린 얼굴로 그를 돌아보았다.

"서문노사께서는 생각이 달라지신 모양입니다?"

영장노왕은 입을 우물거렸다.

'숭무정.'

지독한 자들이었다.

이들이 무신총을 만든 자들임을 지난 백 일 전에 알 수 있었다.

그리고 이들의 정체도 알 수 있었다.

'무신 진무도의 가문, 무신진가의 생존자들.'

＊　　　＊　　　＊

이십여 년 전 진무도가 죽은 후, 그의 식솔들이 겪은 고난은 너무도 지독했다.

온 천하의 무인들이 진씨 핏줄에게서 무신 진무도의 무공을 빼앗으려고 괴롭혔다.

그건 구파나 오가와 같은 명문정파 역시도 마찬가지였다.

하지만 진무도의 무공은 찾을 수가 없었다. 무슨 이유인지 모르지만, 무신 진무도는 자신의 무공을 자신의 혈손 중 그 누구에게도 전하지 않았다.

어쩌면 그렇게 하는 것으로 후예들이 안녕할 수 있을 것이라는 생각이었을지 몰랐다.

만약 그랬다면 그의 생각은 모자랐다고 하여야겠다.

삼천여 명을 헤아리던 진무도의 일족들은 그가 죽은 지 십 년도 되지 않아, 갖은 고문 속에 죽고 말았다.

영장노왕은 그렇게 알고 있었다.

하지만 백 일 전에 예외가 있었다는 것을 알게 되었다.

진무도의 일족 중 직계와 방계를 포함하여 여덟 명이 살아남았고, 그들이 무신의 무공을 찾아냈다는 것을······.

그리고 세간을 주목을 피하며 무공을 익히고 세력을 일구기 위한 시간을 벌기 위해 무신총을 만들었다는 것도 알게 되었다.

또한 이제 거의 모든 준비를 마친 그들이 숭무정이라는 이름을 표방하며 무림을 향한 복수를 시작하려 한다는 것까지도 알아채고 말았다.

무신총은 숭무정의 마지막 준비였다.

숭무정은 무신총을 방관했었다.

사실 무신총의 본래 사용처는 무신 진무도의 무덤이 아니라 그가 살아생전 애용하던 폐관수련장이었다.

과거 숭무정의 정주가 무신의 무공을 찾기 위해 이곳에 들렀을 때, 아무것도 없다는 사실을 밝혀낼 수 있었다.

낙심한 그는 나오려고 했지만 문이 다시 열리는 백 일이 지나기 전까지는 나갈 수도 없었다.

백 일 동안 그는 무신총에 머물며 입구이자 출구인 불개침공에 놓여 있는 불괴선계(不壞銑階)라는 쇠고리를 없애버리면 그 누구라고 해도 나올 수 없겠구나 하는 사실을 깨닫게 되었다.

그는 무신총을 나온 이후에도 포기하지 않았고, 계속 진무도의 행적을 좇은 끝에 결국 다른 곳에서 무신의 무공을 찾을 수 있었다.

하지만 바로 익힐 수는 없었다. 그가 무신의 무공을 찾기 위해 강호를 돌아다니는 동안 그의 행각에 기이함을 느낀 몇몇 세력이 그에게 관심을 두었던 것이다.

이대로는 익히기 전에 빼앗긴다.

고민 끝에 그는 일곱 혈족에게 무신구절을 하나씩 나누어 준 다음, 무신총의 장보도 수천 장을 만들어 세상에 뿌리고 불괴선계를 부수라고 명령했다.

불괴선계를 부수려면 최소한 한 명이 안에 남을 수밖에 없다. 그 희생을 청주귀왕이 자처했다.

그렇게 무신총의 전설이 시작된 것이다.

무신총 장보도의 파급력은 엄청났다. 숭무정의 정주가 미리 짐작했던 수준을 월등히 넘어서는 파란을 일으켰다.

당대의 절대자인 신래칠존 중 셋까지 무신총을 노리고 움직일 줄은 그라고 하여도 상상하지 못했다.

세월은 흘러갔다.

계획한 대로 무신총에 들어간 자는 나올 줄을 몰랐다. 그것은 신래칠존조차도 마찬가지였다.

무신의 후예들은 각자 모종의 장소에서 남몰래 무공을 익히는 한편, 은밀히 세력을 키워 나갔다.

그런데 십여 년 전, 무신총 안에 있을 청주귀왕이 숭무정의 정주에게 연락을 보내왔다.

아귀중의 거처에 있던 출구를 찾았다고 했다. 그리고 자신은 아귀중의 주인으로서 무신총 위에 군림하고 있음을 알렸다.

숭무정의 정주와 형제들은 기뻐했고 또 다른 계획을 만들었다.

숭무정은 앞으로 무림 전체를 향한 복수를 시작할 것이다. 많은 피가 흐를 터였다. 어렵게 키운 제자들이 싸움 속에 죽어 갈 것이 분명하다.

인성을 잃은 식인귀 집단, 아귀중을 전초대로 사용한다면?

제자들의 희생을 줄일 수 있지 않을까?

무적의 전초대, 아귀병단!

숭무정의 정주는 자신의 생각을 알렸고, 청주귀왕은 그 의견에 동의했다.

그리고 세월이 다시 흘러 지금에 이른 것이다.

모든 준비는 끝났다.

아귀병단이 없다고 해도 숭무정은 최강이다.

천하를 도모하기에 부족함이 없다.

아귀병단을 빼 오면 된다.

하지만 욕심이 생겼다.

아귀중뿐만이 아니라, 무신총 내의 무인 중에 알짜배기를 좀 더 영입하는 것이 어떨까?

그들이 남만 땅을 뒤져 얻게 된 몇 가지 약물과 독물이 그런 욕심을 가능토록 했다.

그렇게 해서 접속한 상대가 바로 영장노왕이었고, 모든 사실을 알게 된 영장노왕은 제안을 받아들였다.


*　　*　　*

“으음.”

갈등하는 영장노왕의 모습에 진위건과 청주노왕이 빠르게 눈빛을 교환했다.

영장노왕쯤 되는 고수에게 약물과 독물은 통용되지 않는다. 하기에 포섭된 다른 무인과는 다르게 영장노왕만은 자신의 의지로 움직였다.

이제 와 달리 마음먹는다면 제거해야 했다.

진위건이 조용히 운기하여 곤음형옥장을 구사할 준비를 하며 은은히 빛을 머금기 시작하는 손바닥을 숨겼다.

영장노왕은 이제 할 말에 따라 자신의 목숨이 결정될 것임을 알면서도 계속 갈등했다. 마지막 순간에 이르니 정파 무림의 대들보였던 때의 양심이 자꾸 고개를 드는 모양이었다. 그러나 그가 무신총에서 보낸 지옥 같은 세월은 그의 양심을 마모시키기에 충분했다.

“알겠소. 그럽시다.”

그제야 진위건은 곤음형옥장을 풀며, 숨겼던 손을 앞으로 돌렸다.

영장노왕은 제대로 결심을 했는지 두 사람이 누락한 사항을 거론했다.

“그나저나 도망친 백호 새끼는 잡았소?”

진위건은 짜증 어린 얼굴로 고개를 저었다.

“아니. 고작 열두엇 먹은 아이에 불과하오. 어디 구석에 처박혀 벌벌 떨며 울고 있겠지요. 신경 쓸 것 없소.”

“고작 아이라. 이보시오, 소정주. 이곳은 아이가 아이일 수 없소. 아니, 오히려 어릴수록 더 위험한 게 이곳 무신총이오.”

영장노왕은 그렇게 말한 후 동의를 구하기 위함인지 청주귀왕을 돌아보았다.

하지만 청주귀왕은 생각이 다른 듯 표정이 없었다.

진위건이 얼굴을 잔뜩 찌푸리며 언성을 높였다.

“괜찮소! 그딴 아이 신경 쓸 시간이 없소. 서문노사께서는 나가고 싶지 않소이까? 저는 고작 이틀을 머물렀음인데 벌써 이곳이 지긋지긋하오. 자, 서두릅시다.”

진위건은 더 이상 말을 나누기도 싫다는 듯 몸을 휙 돌렸다.

“백호 새끼는 무슨. 젠장.”

그렇게 중얼거리며 나가는 진위건을 따라 청주귀왕이 몸을 옮겼고, 그들의 수행무사가 그 뒤를 이었다.

홀로 남겨진 영장노왕은 단숨에 몇 년은 더 나이를 먹은 것만 같은 힘없는 얼굴로 속삭였다.

“그 아이는 위험해.”

영장노왕은 사람 하나는 잘 본다고 자부했다.

그 아이는 분명 백호라는 짐승과 닮아 있었다.

백호만의 삶은 남다르다.

털색 때문에 아무리 숨어도 눈에 뜨인다. 숨을 수 없으니 위협을 피할 수 없다.

그렇기에 살아남으려면 목숨을 노리는 위기에 전력을 다하여 맞서 싸워야 한다. 이겨내야만 한다.

온 산의 짐승이 함께 덤벼도 무찌를 수 있을 때까지.

"위험해……."

영장노왕은 계속 그렇게 중얼거렸다.

＊　　＊　　＊

무신총 곳곳마다 들려오는 웃음소리들.

너무나 듣기 싫다.

당 아저씨가 죽었는데, 뭐가 그리 즐겁지? 응?

몽예는 걸음을 멈췄다.

적당한 긴장과 흥분은 좋지만, 넘치면 모자람만 못했다.

거친 심장의 고동을 다독이며 스스로를 점검해 본다.

어떻게 하여야 이 울분을 풀 수 있을까?

'내가 가진 건?'

헤어지기 전 당명진이 품속에 넣어준 사향혈엽 일곱 개과 쇄혼독 반량(半量).

본래 가지고 있던 다섯 개를 포함하여 팔비사접 열일곱 개.

우모침 스물여덟 개.

그리고 양팔의 가죽비갑에 꽂혀 있는 흑선사의 암기 흑선침 서른 개.

'충분한가?'

진위건의 손에 구부러져 날아간 단혼도가 아쉬웠다.

가진 것을 점검하던 손을 내려 몸통을 매만졌다.

몸통 부위를 꽁꽁 싸맨 철잠포가 몇 번의 칼질은 받아 내 줄 것이었다.

'그 외에 또 뭐가 있지?'

익힌 무공을 떠올려 보았다.

취혼참(取魂斬), 뇌형섬(雷形閃), 박룡조(搏龍爪). 그리고 흑심잠무와 숙살구만도의 전(前) 삼식.

'그것만으로 가능할까?'

턱없이 부족하다.

수하 몇을 죽일 수는 있을지 모른다. 하지만 원흉이라 할 수 있는 진위건이나 노왕, 귀왕은 생채기나 낼 수 있을까 의심스럽다.

하지만 한다.

해야 한다.

하고 싶다!

'얼마나 죽일 수 있을까?'

모르겠다.

하지만 하나라도 더 죽인다.
죽어도 죽인다!
가만히 서 있던 몽예는 다시 발을 내디뎠다.


　　　　　*　　　　　*　　　　　*


진위건은 성큼성큼 걸어 나갔다.
"백호 새끼? 참 나. 웃기는 노친네 같으니라고."
짜증을 억누를 수가 없는 모양이었다.
청주귀왕은 그런 그를 가만히 지켜만 보았다. 수양이 너무나 모자랐다. 하지만 그 이유를 알고 있기에 나무랄 수는 없었다.
익힌 무공의 영향 때문이었다.
진위건이 익힌 곤음형옥장은 무쌍의 장법이지만 음중음(陰中陰)의 성질을 지녀, 익힌 자의 성격을 여인처럼 표독하고 변덕스럽게 만들었다.
소성(小成) 이상의 성취에 이르려 내공의 성질이 순음(純陰)해지면 다시 천성이 돌아올 것이다.
그때가 되어서야, 진위건은 진정한 숭무정의 소정주라는 직위에 어울리는 모습을 보이겠지.
그러니 지금은 혼을 내기보다 달랠 때였다.
청주귀왕은 계속 투덜거리는 진위건을 향해 말했다.

“노왕의 말이 전혀 틀린 것은 아니다. 이곳의 삶은 지독하다. 평범한 아이라면 지금까지 살아 있을 수가 없지. 더구나 그 아이는 네가 구사한 곤음형옥장을 버렸다.”

진위건은 자존심이 상하는지 언성을 높여 외치듯 말했다.

“고작 육성의 공력을 사용했을 뿐입니다!”

청주귀왕의 두 눈이 하얗게 불타올랐다.

그러자 진위건은 쭈뼛거리며 목소리를 가라앉혔다.

“죄송합니다. 제가 경망스러웠습니다.”

“경망하다고 할 정도는 아니나, 언행이 조금 가볍구나. 신중하거라.”

“……예.”

못 이기는 척하는 눈치였지만, 그 정도로 되었다는 듯이 청주귀왕은 고개를 끄덕였다.

“천려일실(千慮一失). 조심한다 하여 나쁘지 않다. 그 아이, 분명 범상치 않았어.”

“하지만…….”

“그래. 신경 쓸 정도는 아니긴 하다. 노왕 역시도 조심하자는 의미일 터이니 개의치 말거라. 우리가 진정 주의해야 할 건 포섭되지 않는 자가 무신총을 벗어나는 일이다. 알았느냐?”

진위건은 알겠다며 고개를 숙였다. 하지만 여전히 마음

에 들지 않는지 불퉁거리며 말했다.

"꼭 이렇게 귀찮게 일을 벌여야 하는지요. 그저 아귀중만 데리고 나간 후에 무신총을 폐쇄하면 되는 일 아닙니까?"

"우리 숭무정이 일어서는 건 복수를 넘어, 천하를 도모하고자 함이다. 그러기 위해서는 대의와 명분에 기반을 두어야만 한다. 우리는 무신의 후예이기에 대의는 충분하고, 무림각파에 의해 약탈당한 무신진가의 생존자이기에 명분 역시 충분하다. 하지만 무신총이라는 지옥을 만들었다는 것이 알려진다면 대의는 빛이 바래고 명분은 지워질 것이다."

"하지만 굳이 이렇게까지……."

"신중에 신중을 거듭하여야만 한다. 모든 준비를 마쳤다지만 구파오가와 이부삼성은 만만치 않아. 그들은 서로를 경원시하는 듯해 보이나, 위협이 닥칠 때면 언제라도 손을 잡았다. 자리를 잡기 전에 저들이 칼을 뽑을 만한 명분을 주어서는 안 돼."

"우리는 강합니다."

"표면만을 보지 마라. 명문대파의 뿌리는 깊고 넓다. 물론 그렇다 하여도 우리 숭무정의 궁극적인 목표인 독패(獨覇)를 이룰 터이나, 그 과정 중의 희생을 덜어야만 본가의 치세를 자자손손 이을 수 있을 것이야. 알겠느냐?"

진위건은 고개를 수그렸다.

"네."

하지만 납득하기 어려운 눈치였다.

청주귀왕은 입을 굳게 다물었다. 곤음형옥장의 영향 때문이라고 하지만 너무나 모자랐다. 다음 대를 맡기기에는 역량이 부족하다 싶었다. 그럼에도 소정주라는 직위에 올린 건 대형의 욕심이리라.

자손들 중 진위건 이상의 성취를 보이는 아이가 둘 있다고 했다. 그 아이 중 하나가 뛰어나온다면 숭무정의 건립 이전에 승계를 걱정하여야 할지도 몰랐다.

그렇게 생각에 잠겨 말없이 발을 옮기는 중, 갈림길이 나왔다.

왼쪽은 불개침공으로 이어지고 오른쪽은 아귀중의 거주지로 이어진다.

진위건은 걸음을 멈추고 포권을 취했다.

"그럼 잠시 후에 뵙겠습니다."

청주귀왕은 고개를 끄덕였다.

"그래, 잠시 후에 보자."

이제 진위건은 불개침공에 모여 있는 무신총인들을 아귀중의 거주지 쪽으로 몰고 갈 것이다.

그곳에 미리 마련해 둔 함정 속에 몰아넣고 아귀중이 피의 잔치를 벌인다.

그때, 청주귀왕은 아귀중에 대한 심령금제(心靈禁制)를

마무리 지을 것이다.

계획대로만 된다면 숭무정은 무적의 전초대를 얻을 수 있다.

"계획대로."

진위건은 그렇게 중얼거린 후, 불개침공 쪽 통로로 걸음을 옮겼다.

청주귀왕 또한 아귀중의 거주지 쪽으로 이어지는 통로로 향하며 속삭였다.

"계획대로."


불개침공에 모여 있는 무신총인들은 풀어졌던 긴장의 끈을 단단히 조였다.

갑자기 숭무정의 무사들이 신호를 주고받더니, 일사불란하게 움직여 대열을 맞춰 섰다.

그에 발맞추듯이 총령대 무인과 광마당 무인들, 그리고 의결당 무인들 역시도 심각한 얼굴로 저들끼리 수군거리더니 모여 섰다.

뭔가가 시작되려는 모양이었다.

사람들은 알 수 있었다. 잔치는 끝났다. 대신 뭔가가 벌어진다. 불편한 침묵이 이어졌다.

시간이 얼마나 지났을까.

수행무사 둘을 뒤에 세운 진위건이 모습을 드러냈다.

뒤이어 철왕과 결왕이 어디선가 나타나 그의 측면에 섰고, 잠시 후 노왕까지 나타났다.

서로 인사를 나눈 네 사람은 잠시 입술도 움직이지 않을 정도로 수군거리며 말을 나누었다. 잠시 후, 나누던 의견이 일치를 보았는지 노왕이 앞으로 나섰다.

"다들 즐거우셨소?"

사람들 중 몇몇이 외쳤다.

"즐거웠습니다!"

"이렇게 즐거웠던 적이 없었던 것 같습니다!"

노왕은 화답하는 사람들에게 푸근한 미소를 지으며 말했다.

"자. 쉴 만큼 쉬었고 놀만큼 놀았으니 이제 나가야 하지 않겠소?"

순간 열화와 같은 환호성이 터져 나왔다.

나간다.

이제 이 지옥에서 벗어난다!

기쁘지 않을 수 없었다. 환호는 끊이지 않고 이어졌다.

하지만 노왕이 뒤이어 터트린 몇 마디 말이, 칼이 되어 그들의 외침을 무참히 잘라냈다.

"한데 나갈 수 없게 되었소!"

사람들은 외쳐대던 그대로 굳은 채, 어이없다는 얼굴로 노왕을 노려보았다.

놀리는 건가?

만약 그렇다면 아무리 노왕이라고 하여도 이건 심하지 않은가!

사람들의 불만과 분노의 함성이 터져 나오려는 찰나, 노왕이 먼저 외쳤다.

"출구의 위치가 공교롭게도 아귀갱(餓鬼坑) 안에 있다 하오!"

사람들은 튀어나오려던 욕설을 꿀꺽 삼켰다.

아귀갱.

아귀중은 커다란 구덩이에 모여 산다.

무신총인은 언젠가부터 그곳을 아귀갱이라고 부르며 가까이 가지 않았다. 근처에서 얼쩡거리다가 아귀중에게 잡혀 뜯어 먹히는 일이 번다하게 일어나기 때문이었다.

하필이면 아귀갱 안에 출구가 위치해 있다니.

"여러분 어쩌실 거요? 귀왕은 협상을 거부했소. 아귀갱에 오면 뜯어 먹겠다고 경고만을 보내왔소. 어쩌시겠소? 이제 어째야 할까요? 누구 의견 좀 내어 주시겠소?"

사람들 중 누군가 외쳤다.

"싸웁시다!"

그러자 다른 사람이 이어서 외쳤다.

"난 이곳에 잠시도 더 못 있겠소! 출구가 있는데 못 나간다니, 그럴 수는 없는 거요! 뚫읍시다! 아귀중! 그까짓

거, 막으면 벱시다!"

노왕은 그들을 둘러보았다. 그가 미리 이렇게 선동하라
고 명령해 둔 사람들이었다. 사대세력 중 어디에도 속하지
않은 자들이니 의심스러울 리도 없었다.

그에 호응한 사람들이 저마다 외쳐댔다.

"싸우자!"

"아귀중을 몰아내자!"

노왕은 분위기가 무르익는 순간을 기다렸다. 이제 그는
총령대가 앞장을 설 것이라 말할 터였다. 그러면 결왕과
철왕이 의결인과 광마당이 그 뒤를 따르겠다고 외칠 예정
이었다.

그 뒤에 진위건이 말할 것이다.

'나갑시다!'라고.

그러면 분위기는 절정에 달할 터였다.

약속된 차례가 된 진위건이 호령하고, 무신총인들은 신
나게 달려갈 것이다.

그곳이 무덤인지도 모르고……

죄책감이 없는 건 아니지만 어쩔 수 없다.

이쯤이면 되었다 싶기에 노왕은 외쳤다.

"좋소! 우리 총령대가 앞장을 서겠소! 우리가 죽음으로
길을 열 것이오! 출구를 엽시다! 검을 드시오! 주먹을 쥐시
오! 함께 나갑시다!"

환호성이 더욱 커져만 갔다.

노왕은 결왕과 철왕을 돌아보았다. 이제 그들이 나서 줄 차례였다.

그의 시선을 받은 결왕과 철왕은 불편한 안색으로 알았다고 고개를 끄덕인 후, 동시에 한 걸음 앞으로 나왔다.

그때였다.

"거짓말이야!"

뾰족한 목소리.

여자이거나 아직 나이가 어려 변성(變聲)되지 않은 아이의 음성임이 분명했다.

사람들의 시선이 목소리의 주인을 찾아 고개를 뒤로 돌렸다.

역시나 아이였다.

몽예는 이글이글 타오르는 눈동자로 노왕과 진위건을 쏘아보며 앞으로 걸어 나갔다.

"개소리야! 저 늙은이 말을 따랐다간 다 죽어!"

사람들은 웅성거렸다.

노왕에게 늙은이라고 하다니.

아이의 말이라고 가볍게 치부하기에는 너무나 과했다.

사람들 속에서 한 사람이 빠져 나와 몽예에게 다가왔다. 제갈설향이었다.

"모, 몽예야. 이게 무슨 짓이야."

몽예는 제갈설향의 만류에도 아랑곳하지 않았다. 오히려 매섭게 그들을 쏘아볼 뿐이었다.

"잘 들어. 모두 다 거짓말이야! 출구에 몰려가면 살해되고 말 거야!"

제갈설향이 주변을 살피며 대답했다.

"싸워 이기면 되지. 죽기는 왜 죽니?"

몽예는 오른손을 들어 검지손가락으로 진위건을 가리키며 외쳤다.

"저자가 그렇게 만들 거니까!"

지적을 당한 진위건이 눈썹을 꿈틀거렸다. 그의 수하들은 당장에라도 튀어 나갈 듯이 날카롭게 기세를 끌어 올리고 있었다.

제갈설향은 몽예를 붙잡으며 말했다.

"우리를 이곳에서 탈출시켜 주러 오신 고마운 분들이야. 저분들이 왜 그런 짓을 한다는 거니?"

몽예는 그녀가 감싼 팔을 억지로 풀고 다시 진위건을 손가락으로 가리키며 한 걸음씩 앞으로 나아갔다.

"왜냐고? 저자는 우리를 구하러 온 것이 아니니까. 오히려 우리를 죽이려 온 거야."

몽예가 지나쳐 걸어가는 사람들 속에 누군가 물었다.

"왜?"

"저들이 바로 무신총을 만든 자들이니까!"

사람들은 서로를 붙잡고 웅성거렸다.

숭무정이 무신총을 만들었다니.

그럴 리가 없었다.

믿을 수가 없다.

몽예는 이어 설명하듯 말했다.

"무신총은 저들이 만들었어. 왜? 뭔가 필요가 있어서겠지. 저들은 우리를 원하는 게 아니야. 아귀중을 원해. 그 식인귀들을 자신들의 무기로 사용할 생각이야. 이성을 잃고 오직 본능에 따라 움직이는 아귀중을 어떻게 부리겠냐고? 귀왕이 있으니까! 귀왕이 바로 저들의 편이니까! 노왕도 마찬가지야. 노왕과 귀왕은 저들의 주구야! 믿어서는 안 돼!"

모든 사람이 멍한 얼굴로 몽예만을 바라보았다. 그중 총령대와 일부 몇몇의 얼굴에는 당황한 기색이 역력했다.

사람들의 시선이 '사실이냐?'는 물음을 담아, 영장노왕과 진위건에게로 옮겨졌다.

"감히……"

진위건의 얼굴이 새파랗게 물들었다. 당황스럽기도 하고 화가 나기도 했다. 당장에 튀어 나가 곤음형옥장력을 퍼부어 저 입을 부숴 버리고 싶었다.

하지만 그의 마음을 짐작했는지, 영장노왕이 슬쩍 움직여 그의 앞을 가로막았다. 그리고 가볍게 미소를 지으며 말했다.

"그래, 그런 것 같더냐?"

몽예는 입을 다물고 매섭게 그를 노려보았다.

영장노왕은 주변을 둘러보면서 몽예가 아닌 사람들이 들으라는 듯 말했다.

"재미나구나. 어디 더 얘기해 보거라. 숭무정이 무신총을 만들었고, 진 공자께서는 우리가 아닌 아귀중을 이곳에서 탈출시키고자 들어온 것이다? 귀왕과 내가 그에 손을 잡았다? 허허허허. 재밌구나, 재밌어. 이건 어떠냐? 나뿐 아니라, 총령대 역시 숭무정의 주구가 된 게야. 그래서 앞장을 서서 싸우겠다고 자처한 것이지. 어떠냐?"

몽예는 외쳤다.

"사실이 그렇잖아!"

"그래? 어허. 그랬었구나. 허허허허허."

노왕이 크게 웃자 이곳저곳에서 덩달아 웃음이 터져 나왔다.

몽예는 자신을 비웃는 사람들을 둘러보았다.

노왕은 아이의 우스갯소리로 치부하게 하려는 것이다. 나이를 헛먹은 것이 아니었다. 역시 노련하다.

노왕은 점차 웃음소리를 지우며, 부드러운 어조로 말했다.

"몽예라고 했느냐? 이번에는 내가 재미난 이야기를 해주랴?"

몽예는 턱 끝을 올리며 말했다.

"해 봐."

노왕은 고개를 끄덕인 후, 목소리를 높여 말했다.

"들어 보아라. 아주 재미있으니. 귀왕은 무섭지. 하지만 신중하기도 하지. 이곳의 소식을 듣고 걱정이 이만저만이 아닐 게다. 여기 진 공자께서는 세상의 혼란을 걱정하시어 아귀중 같은 식인귀 집단을 같이 탈출시키려 하지 않을 것이니까. 그래서 이곳의 동정을 살피고 혼란을 야기해 시간을 벌려는 것이다. 출구를 찾아 아귀중과 함께 탈출할 시간을 말이다. 주의를 돌려 분란을 만들기에는 누가 좋을까? 우리 삼왕이 직접 나선다면 쉬울 것이나 귀왕의 사주를 받을 리 없지. 그럼 가녀린 꼬마아이라면 어떨까?"

"글쎄? 귀왕쯤 되는 자가 할 만한 생각은 아닌 것 같은데?"

노왕은 몽예의 대답을 무시하며 제 말만을 이어 갔다.

"열서넛 먹은 아이가 있는데 홀로 산다는 소식을 들을 때마다 항상 궁금했단다. 뭘 먹고 살까? 어찌 먹고 살까? 홀로 살 수 있을까? 의결인도 광마당도 우리 총령대도 너를 돌본 적이 없다. 그럼 누가 돌볼까? 남은 건 하나뿐이더구나."

누군가가 속삭였다.

"아귀중……."

속삭임은 번지듯이 퍼져 사람들이 저마다 외쳐댔다.

"벌써 귀왕이 눈치를 챈 건가!"

"젠장! 어쩐지 수상했어! 저딴 꼬맹이가 어떻게 겁도 없이 혼자 돌아다니는지 말이야!"

"죽여 버리자!"

몽예는 가소롭다는 듯이 픽하고 웃음을 뱉었다.

진실은 거짓이 되고 거짓은 진실이 되고 있었다.

조금만 생각해 보면 무엇이 참말인지 알 수가 있을 터였다.

몽예의 주변에는 무총사왕에 못지않은 고수인 당명진과 창구정이 있었다.

그리고 열심히 살았다. 살기 위해 살았고 죽지 않으려고 노력했었다.

무신총인들도 분명 지켜보았다.

그런데 왜 아귀중의 주구라고 할까?

몽예는 쉽게 답을 찾을 수 있었다. 사람들의 눈이 탈출이라는 미혹에 가려져 버린 탓이었다.

그제부터 지금까지 이어진 잔치의 영향도 컸다.

고통을 겪고 있는 자는 더한 고통도 버틸 수 있지만, 성한 자는 고통을 닥치는 것을 두려워 피하려 한다.

주린 배가 채워졌으니 다시 굶주림을 겪고 싶지 않은 마음뿐이겠지.

노왕의 거짓된 말이 자신들을 죽음으로 이끌 환상인 줄
도 모르고 어떻게는 붙잡으려 하는 것이다.

그중에는 제갈설향도 포함되어 있었다.

"너 정말 귀왕의……?"

몽예는 어이가 없다는 듯이 고개를 절레절레 흔들었다.

바보이다. 천치들이다.

몽예의 입매가 비틀렸다.

'죽어도 싸.'

어차피 믿어 줄 거라고는 생각지 않았다. 그저 죽은 당
명진을 향한 애도에 가까웠다. 그의 혼령이 아직 남아서
구할 수 있는 사람은 구하라고 하는 것만 같아서 사실을
말해 본 것뿐이었다.

몽예는 낮은 목소리로 웅얼거렸다.

"당 아저씨, 난 할 만큼 했어."

하지만 떠오르는 당명진의 얼굴은 좀 더 노력해 보라고
하는 것만 같았다.

"젠장."

몽예는 내력을 머금어 크게 외쳤다.

"들어! 당신들 살고 싶지? 그럼 생각을 멈추지 마! 고민
해! 결정을 남에게 맡기지 마! 스스로 판단하고 움직여! 살
아! 사람 고기를 뜯어 먹고서라도 살고자 했던 마음을 잊
지 마!"

각자 외쳐대던 사람들이 일제히 침묵했다.

아이가 할 수 있는 말이 아니었다.

무신총이라는 지옥에서 태어났기에 그 누구보다 간절히 삶을 갈구했던 한 사람의 웅변이었다.

몽예의 눈동자가 침묵하는 사람들을 훑으며 지나간 후, 제갈설향에게 멈췄다.

"아무래도 나, 누나 집에 못 갈 것 같아."

"뭐?"

휘이이이이익!

몽예의 몸이 빛살이 되어 진위건을 향해 뻗어 나갔다.

갑작스러운 행동에 당황한 진위건의 얼굴이 빠르게 다가왔다. 그것을 가르려, 몽예의 두 손이 움직였다.

갈라지는 공간이 토해내는 바람 소리가 이렇게 외쳐대는 것만 같았다.

'어떻게든 진위건 너만은 죽이고 죽는다!'라고.

하지만 몽예의 두 손은 진위건에게 닿기도 전에 막히고 말았다.

콰쾅!

영장노왕의 지팡이였다.

몽예는 예상했다는 듯이 몸을 휘돌렸다. 직선을 이루던 두 팔이 기묘하게 휘돌았다.

초식을 바꾼다.

급습을 위한 뇌형섬을 포기하는 대신, 방어를 위해 박룡조로!

퍽퍽퍽퍽퍽!

지팡이와 연거푸 부딪친 몽예의 두 손이 터지며 핏물이 포탄처럼 튀어나왔다.

그럼에도 몽예는 고통스럽지 않은지 무표정한 얼굴로 흑심잠무의 보법에 따라 뒤로 물러섰다.

하지만 노왕의 지팡이는 그를 공격 범위 밖으로 벗어나도록 허락하지 않았다.

몽예는 기회를 노려 팔비사접 하나를 꺼내 노왕을 향해 던졌다.

휘리리릭!

동그란 철전 모양의 암기가 허공을 날면서 겹쳐 있던 네 개의 날개를 펴더니 노왕을 향해 하늘거리며 날았다.

팔비사접의 날개는 각기 다른 방향으로 회전하여 종잡을 수 없는 움직임을 보였다. 진짜 살아 있는 나비 같았다.

독과 암기의 조종이라 일컬어지는 당문의 십대암기 중 하나다웠다.

노왕은 어쩔 수 없이 지팡이를 뒤로 돌리며 현란하게 움직였다.

서문세가가 자랑하는 비전검법, 팔문신검(八門迅劍)이었다.

챙챙챙!

짧은 순간, 팔비사접이 노왕의 지팡이에 막혀 세 차례 튕겨 나간 후 떨어졌다.

사접투공법이 극치에 이르면 여덟 번이나 방향을 바꿔 공격한다고 하지만, 지금 몽예의 수준으로는 세 번이 최선이었다.

하지만 목적한 바는 이루었다. 몽예는 그 틈을 이용해 영장노왕의 지팡이에서 벗어날 수 있었다.

급습이 막혔으니 도주해야 했다. 하지만 몽예는 조금도 지체하지 않고 그대로 진위건을 향해 달려 나갔다.

쇄애애애애액!

진위건은 기다렸다는 듯이 양손을 휘둘러 곤음형옥장을 뿜었다.

엄청난 위력에 근처에 서 있던 결왕과 철왕이 놀라 뒷걸음질 쳤다.

콰콰콰콰쾅!

형옥장력이 도달하지도 않았건만, 풍압(風壓)만으로 몽예의 얼굴이 일그러질 정도였다.

몽예는 급히 몸을 뒤집어 바닥에 붙이고, 품에서 사향혈엽 두 개를 꺼내 던졌다.

그중 하나는 형옥장력에 휩쓸려 날아갔지만, 나머지 하나는 기류를 타고 휘돌려 진위건의 장심을 향해 거슬러 올라갔다.

"으흡!"

진위건은 놀라며 장력을 뒤돌렸다. 하지만 사향혈엽은 이미 그의 코앞까지 다가온 상태였다. 그때 그의 뒤쪽에 서 있던 사람 중 하나가 검을 뽑으며 움직였다.

쇄애액!

빛살이다.

콰앙!

사향혈엽이 반쪽으로 갈라져 떨어졌다. 빛마저 가를 수 있지 않을까 싶을 정도로 지독한 쾌검이었다.

황전쾌라고 했던 사내였다. 그는 잠시 멈춰 진위건이 안전한지를 확인한 후, 다시 검을 움직였다.

번뜩!

몽예는 고통을 느끼며 떼굴떼굴 굴렀다. 가슴 부위가 갈라져 있었다. 몸통을 둘둘 싸맸던 철잠포 역시 두어 겹 정도가 갈라져 나풀거리고 있었다.

그 덕에 살았다. 하지만 충격은 남아 내장이 끊어질 것처럼 아팠다.

황전쾌는 몽예를 향해 다시 검을 날리려 했다. 하지만 그때 진위건이 외쳤다.

"황 단주! 그만!"

황전쾌는 검을 들어 올린 채로 머뭇거렸고, 그 잠시 사이에 몽예는 몸을 뒤로 빼낼 수 있었다.

고수다.

무총사왕에 못지않다!

황전쾌는 다시 뒤로 물러섰다. 하지만 그 대신에 전신으로 구름 같은 살기를 뿜어내는 진위건이 몽예를 향해 걸어 나왔다.

"감히! 나를 희롱해?"

몽예는 쩔뚝거리며 뒷걸음질 쳤다.

진위건은 오른손을 높게 들어 올렸다. 손바닥 위로 파란 불꽃이 일렁거리고 있었다.

"죽여 주마. 이 쥐새끼!"

그때, 갑자기 진위건의 등 뒤에서 무거운 신음 소리가 흘러나왔다.

"으음."

진위건은 슬쩍 눈동자를 뒤로 돌렸다. 노왕이었다. 그의 얼굴이 검게 물들어 있었다.

"독?"

순간 진위건 역시 어지러운지 몸을 비틀거렸다. 그는 몽예 쪽을 돌아보며 외쳤다.

"네놈, 독을!"

동시에 몽예의 입가에 미소가 어렸다.

"이제야 듣네. 쇄혼독은 다 좋은데 좀 느린 게 단점이란 말이야.”

“이, 이놈!”

진위건은 서 있기도 힘든지 비틀거리며 주저앉았다. 몽예가 벌떡 일어나더니 두 개의 사향혈엽을 꺼내 진위건을 향해 던졌다.

휘리리리릭!

날아오는 혈엽을 피하고자 진위건은 몸을 뒤로 날렸지만, 중독된 탓에 몸이 평소보다 굼떴다.

쇄애애애액!

진위건의 옆에서 인 빛살이 사향혈엽을 모두 튕겨냈다.

이번에도 황전쾌였다.

“괜찮으십니까?”

진위건은 왼쪽 귀를 매만졌다. 귓불이 반쯤 사라지고 그 사이로 핏물이 흘러내리고 있었다. 사향혈엽이 튕겨 나가면서 그의 귀를 스치고 간 모양이었다.

진위건은 벌떡 일어섰다.

“이, 이, 이!”

너무 화가 나 말도 나오지 않는 모양이었다.

그사이 몽예는 무신총인들 사이를 빠져나가 통로 속으로 진입하고 있었다.

진위건은 그를 쫓아 달려가려다가 비틀거리며 주저앉았다.

황전쾌가 그를 향해 말했다.

"제가 처리하겠습니다."

진위건은 핏발이 선 눈을 그에게로 돌렸다.

"죽이지 말고, 잡아 와! 꼭!"

황전쾌는 깊이 고개를 숙였다.

"알겠습니다."

그리고 어느새 그의 뒤로 다가온 수하 중 열을 택해 눈짓을 보낸 다음, 몽예가 향한 쪽으로 달려갔다. 열 명의 수하들이 그림자처럼 그의 등 뒤로 따라붙었다.

갑작스럽게 벌어진 난동에 무신총인들은 어찌할 바를 몰라 침묵 속에 빠졌다.

뭐가 진실일까?

그들은 여전히 노왕과 숭무정이 진실이고 몽예가 거짓이라고 믿고 싶었다.

하지만 제갈설향은 달랐다.

몽예를 믿으려는 것이 아니었다.

몽예가 남겼던 외침을 따르려는 것이었다.

'결정을 맡기기보다 스스로 판단을 하라 했지?'

그녀는 스스로 몽예의 말이 옳다고 결정을 내렸다.

第六章

아쉬웠다.

진위건을 죽일 수 있었는데…….

하지만 몽예는 진위건이나 노왕을 죽일 수 있을 거라는 생각을 하지는 않았다.

몽예가 바란 건 그들이 자신을 쫓아 뒤따라오도록 만드는 것이었다.

지금처럼.

몽예는 뒤쫓는 이들의 기척을 살폈다.

'열하나.'

생각보다 숫자가 적었다. 하지만 그중에 황전쾌라는 고

수가 포함되어 있다는 사실이 곱절 이상의 수보다 무겁게 느껴졌다.

'고수.'

그것도 무신총 최강자인 무총사왕에 비견할 만한 고수였다.

사왕들은 밖에 나가기만 한다면 신래칠존과 어깨를 나란히 할 수 있다고 자부했었다.

정말이냐고 묻는 몽예에게 당명진은 '뭐 그 정도는 아니겠지만, 무림팔호(武林八豪)나 강호칠마(江湖七魔)보다는 나을 거야'라고 일부 인정했다.

그런데 진위건의 수하라는 자가 사왕들과 비등할 정도이니 숭무정의 저력이 얼마나 대단한지를 느낄 수 있었다.

몽예는 고개를 휘저었다. 숭무정이라는 단체가 어떻다는 건 지금 생각할 부분은 아니었다.

뒤쫓아 오는 놈들만을 상대하기도 힘들다.

적은 강하다.

그리고 나는 약하다.

하기에 거미줄 같은 통로를 무기로, 어둠을 동료로 삼아야 한다.

당명진은 그때 이런 말도 했었다.


―가정해 보자. 네가 지금대로만 큰다면 스물 정도에는 흑

심잠무를 대성하겠지? 그럼 사왕에 못지않을걸? 물론 무신 총이라는 환경 안에서겠지만.

　몽예는 아직 열셋에 불과하고 흑심잠무의 수준은 칠성 정도에 불과했다. 당명진이 이번만은 틀렸기를 바랄 뿐이었다.
　'아님 틀리게 만들어 주어야겠지?'
　몽예는 흑심잠무의 법문에 따라 내력을 휘돌리며 자신의 기척을 죽이기 시작했다.
　눈동자가 무색해지고 호흡은 끊어졌다.
　어둠 그 자체가 되어야 한다.
　검은 마음을 품은 안개처럼 잠잠해지자.
　적의 명줄을 끊을 일격을 날리기 위하여!

　―나쁘지 않은 판단이야.

　몽예는 깜짝 놀라며, 눈동자를 움직여 주변을 이리저리 살폈다.
　'뭐지?'
　분명 들었다. 바로 귓전에서 속삭이는 것만 같았다.
　착각이라기에는 목소리가 너무도 선명했다.
　하지만 느껴지는 기척은 뒤편에서 쫓아오고 있는 숭무정

무사들뿐이었다.

　심란한 마음이 불러낸 환청이었던 걸까?

　더 생각할 시간도 없었다.

　숭무정 무사 중 하나가 빠르게 다가오고 있었다.

　황전쾌. 그 작자이다.

　그가 구사하던 쾌검을 떠올리니 아찔하기만 했다.

　몽예는 중단했던 흑심잠무를 다시 운용했다.

　그의 쾌검은 무섭지만, 어둠이라는 칼을 든 나의 흑심잠
무 역시 만만치 않을 것이라고 다짐하며…….


　몽예가 어둠 속에 동화되어 사라져 버린 자리에 안개처
럼 뿌연 기운이 일렁였다. 뭉게뭉게 피어오른 기운은 사람
의 형상을 이루더니 몽예가 사라진 방향 쪽을 바라보며 섰
다.

　"나쁘지 않아, 나쁘지 않아."

　그렇게 중얼거린 인영(人影)은 다시 안개로 변했다. 그리
고 남은 잔재마저 잠시 후 바로 지나치는 숭무정 무사들
의 몸짓에 의해 흩어져 버렸다.

＊　　　＊　　　＊


　숭무정은 인원의 숫자를 늘리기보다는 정예화를 위해

노력했다.

어설픈 열보다는 제대로 키운 하나가 낫다는 판단에서였다.

구파오가와 이부삼성의 눈을 가리며 세력을 키우기 위해서도 어설프게 세력을 넓히는 건 바람직하지 못했다.

총원을 팔백 정도로 예상했고, 그중에서 열둘을 선출하여 절정고수로 키우려고 했다.

그리 하여 이십 년이라는 긴 세월이 흐른 지금에 이르러 숭무정을 실질적으로 이끌어 가는 중진급 인사들인 숭무십이기(崇武十二奇)가 탄생했다.

완성된 숭무십이기는 하나하나가 구파오가나 이부삼성의 수장급과 비견할 만한 고수였다.

황전쾌는 숭무십이기 중 가장 뛰어나다는 세 명 중 하나로, 일섬산혈(一閃産血)이라고 불렸다.

피를 낳은 하나의 섬광!

섬뜩한 별호에 걸맞을 정도로 황전쾌의 검은 빨랐다.

오직 무신 진무도에게만 꺾였던 무쌍의 쾌검, 예일팔섬(刈日八閃)을 대성한 그였다.

그런데 고작 열서넛 먹은 아이에게 두 번이나 막히다니.

스스로가 생각해도 어처구니없었다. 이 소식이 동료들의 귀에 들어가면 '일섬산혈이 이섬(二閃)을 발하고도 꼬마아이 하나 베지 못하는구나' 하고 놀려댈 것이 분명했다.

진위건의 분노를 잠재우기 위함 이전에, 그의 자존심부터 다독일 생각이었다. 나설 때 진위건이 명령하기를, 자신의 손으로 죽일 것이니 꼭 생포하여 오라고 했지만 그럴 생각은 추호도 없었다.

'죽인다!'

그런데, 어찌 이리 빠른지…….

종적을 따르는 것도 힘겨울 지경이었다.

하지만 이제 다 잡았다.

"음?"

황전쾌는 경공을 멈추었다.

몽예의 기척이 끊어졌다. 너무도 어두워 눈으로 구분할 수 없었지만, 그의 매서운 기감을 속일 수는 없었다.

분명 오 장 앞 정도에 있었다. 그런데 사라졌다.

황전쾌는 심상치 않음을 느끼며 검병에 손을 올렸다.

마침 통로는 좁았다. 한 사람이 서기에도 쉽지 않은 넓이여서 수하들이 일렬로 뒤따르고 있었다.

황전쾌가 서 있으니 따라왔던 열 명의 수하들도 영문도 모른 채 멈춰 섰다.

그때였다.

"으악!"

황전쾌는 뒤에서 터진 비명 소리에 몸을 돌렸다. 뒤쪽에 서 있던 수하 중 하나가 피를 뿜으며 쓰러지고 있었다.

몽예가 분명했다.

'함정으로 이끌었던 건가?'

지독히 영악하다.

"으아아악!"

단말마는 또 터져 나왔다.

수하 중 하나가 더 당했다.

하지만 비좁을 뿐만 아니라 높이까지 낮아 어찌할 방법
이 없었다.

황전쾌는 빠르게 뒤로 물러나며 외쳤다.

"간격을 넓혀!"

황전쾌가 오 장 정도 뒤로 물러나자, 붙어 서 있던 수하
들은 서로 간격을 넓히려 움직였다.

하지만 그사이 비명이 또 터져 나왔다.

"으아아악!"

세 명째.

황전쾌는 이를 악물었다.

간격을 넓힌 탓인지 공격은 이어지지 않았다.

대신 우울한 침묵이 자리했다.

황전쾌의 수하들이 지닌 무공의 수준은 상당했다.

숭무정 내에서도 인정받는 정예들이다.

몽예라는 아이가 대단하기는 했지만, 수하들을 이렇게
쉽게 죽일 정도는 아니었다.

그런데 셋이나 당했다.

이제 보니 아이는 영악한 것이 아니었다. 경험이 많다고 봐야 했다.

자신에게 유리한 상황으로 이끌면서 기회를 잡으면 놓치지 않는다.

생사의 위기를 수없이 넘나든 노련한 무인만이 가질 판단력이었다.

고작 열서넛 먹은 아이가 어찌 저럴 수가 있을까?

황전쾌는 검을 반쯤 빼어 보았다.

공간이 좁아 제대로 검을 놀리기가 힘들 것 같았다. 초(招)로 동작을 잇기보다는 식(式)으로 짧게 끊어 칠 수밖에 없다.

이렇게 되면 지닌 실력이 반으로 깎인다고 봐야 했다. 그래도 몽예 정도는 죽일 수 있다.

'단, 정면이라면이겠지?'

황전쾌의 이마에서 땀방울이 흘러내렸다. 시간은 점점 흘러가는데 공격이 없었다.

털썩.

쓰러져 있던 세 수하 중 하나가 들썩였다.

그러자 그 근처에 서 있던 수하가 슬그머니 움직여 고정된 간격을 벗어났다.

"신달!"

움직였던 수하는 황전쾌의 외침에 변명하듯 말했다.

"방금 잔청이 움직였습니다. 살아 있는 모양입니다."

황전쾌는 외쳤다.

"자리를 지켜!"

"하지만……."

신달이라는 수하가 황전쾌 쪽으로 몸을 돌렸다. 그 순간, 잔청이 상체를 들어 올렸다.

황전쾌는 잔청의 옆구리 사이로 새파랗게 빛나는 눈동자를 볼 수 있었다.

"신달! 피해!"

"예?"

신달이 다시 몸을 돌리려는 순간, 잔청의 옆구리에서 철침 세 개가 튀어나왔다.

"헉!"

신달은 놀라며 검을 휘저었다. 하지만 통로의 벽에 막혀 제대로 방호식을 구사할 수 없었다.

퍽!

철침 세 개 중 하나가 신달의 미간을 뚫고 깊숙이 박혔다.

몽예가 잔청의 시체를 넘어 달려와 신달의 품속으로 숨었다.

"신다아알!"

신달의 바로 앞쪽에 있던 무인이 분노하며 달려 나왔다.

몽예는 뒤로 넘어가고 있던 신달을 왼손으로 붙잡아 몸을 가렸다.

무인이 날리던 검을 잠시 멈칫거렸다.

몽예는 그 틈을 놓치지 않고 여섯 개의 철침을 던졌다.

휘이이이익!

무인은 경계하고 있었는지, 검신의 중간을 잡고 둥글게 회전시켰다.

창창창창창창!

맑은 쇳소리가 연달아 터지며, 여섯 개의 철침이 모조리 튕겨져 나갔다. 하지만 그때, 무인의 밑에서 불쑥 나비 모양의 암기가 솟구쳐 올랐다.

팔비사접이었다.

무인은 들이치는 팔비사접을 피하고자 몸을 뒤로 휘돌렸다. 하지만 팔비사접 또한 그를 따라 방향을 꺾어 내려 앉았다.

푹!

무인은 휘돌던 그대로 떨어져 바닥을 굴렀다. 그의 턱 부위에 팔비사접이 깊숙이 박혀 있었다.

몽예는 급히 몸을 날려 무인의 시체에게 다가가 팔비사접을 뽑아냈다. 그리고 무인을 들어 몸을 가렸다.

황전쾌는 버럭 소리를 질렀다.

"이노오오오옴!"

그는 몸을 날리며 외쳤다.

"몸을 숙여!"

다섯 남은 수하들은 일제히 몸을 바닥에 깔았다. 그 위로 황전쾌가 길쭉한 선을 만들며 몽예를 향해 쏘아져 나갔다.

몽예는 급히 몸을 뒤로 빼어냈다.

번쩍!

무인의 시체가 반으로 갈라진다.

간발의 차이로 뒤로 피한 몽예는 진달의 시체를 양손으로 잡고 황전쾌를 향해 던졌다.

번쩍!

진달의 시체가 상하로 분리되었고 그 사이로 황전쾌가 튀어나왔다.

몽예는 다시 뒤로 몸을 날렸다.

번쩍!

빛살과 함께 몽예의 가슴이 갈라지며 핏물이 터졌다..

"으으으윽!"

몽예는 신음성을 흘리면서도 멈추지 않고 잔청이라는 자의 시체 쪽까지 다가갔다.

들어 올린 시체를 움직여 몸을 가린다.

번쩍!

잔청의 시체 역시 반으로 갈라졌다. 하지만 그 뒤에 숨어 있을 몽예의 모습은 보이지 않았다.

황전쾌는 장력을 뿜어 반쪽 난 시체를 밀어냈다. 자그마한 구덩이 하나가 보였다. 핏물 한 줄이 구덩이 속으로 이어져 있었다.

"치잇!"

황전쾌는 달려가며 땅바닥 이곳저곳에 마구 검을 찔러넣었다. 깊이 박히는 부분이 있는가 하면 한 치 정도밖에 들어가지 않는 곳도 있었다.

구덩이 속의 통로가 어디로 어떻게 이어져 있는지 도무지 알 수가 없었다.

"젠장!"

가슴 부위를 베기는 했지만 깊지 않았다. 정체를 알 수 없는 방호복 때문이었다.

치명상은 아니다.

수하가 반이나 줄었는데 고작 피륙 정도만 가를 수 있었다.

이런 치욕이!

감정 표현이 드문 그였지만 도무지 참을 수가 없었다.

으드드득!

이가 갈렸다. 그때, 어둠 저편에서 기척이 느껴졌다.

지금까지 쫓아왔던 끊어질 듯 희미한 기운이다.

몽예가 분명했다.

도발이었다.

어서 죽이러 와 보라는 유혹이며 조롱이었다.

너무도 힘을 주어 깨문 탓에 황전쾌의 치아가 벌어지며 잇몸 사이로 핏물이 흘러나왔다.

황전쾌는 고개만을 돌려 다섯이 남은 수하들에게 외쳤다.

"너희는 돌아가라!"

수하들 중 가장 가까이 있는 자가 다가와 말했다.

"단주님, 하나……."

"가서 소정주께 전해라. 이 전쾌가 기필코 저 소마귀(小魔鬼)의 목을 들고 갈 것이라고 말이다! 알겠느냐?"

그의 성격을 아는 수하들은 입을 다물며 포권을 취했다.

황전쾌는 가볍게 고개를 끄덕여 답한 후, 몽예의 기척이 느껴지는 방향으로 몸을 날렸다.

남겨진 다섯 명의 수하들은 동료의 시체를 둘러보며 어깨를 떨었다.

귀신한테 희롱당한 기분이었다.

아니, 귀신일지도 몰랐다.

이 무신총이라는 지옥이 만들어낸 작은 마귀.

황전쾌가 마귀의 목을 베어 들고 나타날 수 있을까?

황전쾌의 실력이 어느 정도인지는 모두가 알고 있지만,

다섯 중 그 누구도 확답을 내릴 수가 없었다.

*　　*　　*

몽예는 달려가며 복부를 꽁꽁 싸맸다. 다행히 황전쾌의 검날은 내장에 닿지 않았다.

하지만 너무 아팠다.

이를 악물어 비명을 삼키지만, 눈물이 절로 뚝뚝 흘러내렸다. 콧물도 질질 흘러 떨어졌다.

당장에 쓰러져 눕고 싶었다.

하지만 멈추면 죽는다.

황전쾌의 쾌검이 목을 잘라낼 것이다.

이를 더욱 악세게 깨문다.

눈물을 삼킨다.

고통을 먹어 버린다.

황전쾌는 분명 무왕에 못지않은 고수이다.

하지만 이길 거다.

아니,

'죽여 버릴 거야!'

*　　*　　*

돌아온 수하들의 보고를 들은 진위건은 눈을 꼭 감은 후, 길고 깊게 호흡을 가누었다.

곤음형옥장의 요상구결은 놀라워 오대극독 중 하나인 쇄혼독을 거의 태워 버릴 수 있었다. 하지만 넘치는 분노까지 어찌할 수는 없었다.

흉부가 크게 들썩였다. 꼬맹이 하나 잡으러 가서 다섯이 당하고 오다니.

당장에 형옥장력을 뿜어 수하들의 머리통을 부숴 버리고 싶었다.

황전쾌가 남아 목을 베어 오겠다고 했다지만 한심하기 그지없었다.

더구나 영장노왕은 아직 회복하지 못해 아직 운기조식 중이었고 무신총인들의 눈빛은 의심으로 가득했다.

미꾸라지 한 마리가 분탕질을 벌여 맑은 호수를 뒤집어 놓은 꼴이다.

"그 꼬맹이를!"

황전쾌가 꼬맹이의 시체를 들고 온다고 해도 화가 풀릴 것 같지 않았다.

직접 베어 죽이고 싶었다. 하지만, 상황은 그에게 그만한 여유를 허락하지 않았다.

무신총인의 움직임이 점점 수상해져 갔다. 저마다 모여 앉아 중얼거리는 꼴이 의심하고 있는 모양이었다.

특히 의결인과 광마당은 주저하는 눈치였다.

이대로 방치해 두면 다시 귀왕과 협상을 해 보자거나, 혹은 탈출을 며칠만 미루자는 의견이 나올 것만 같았다.

생각을 가질 시간을 주면 안 되었다. 구멍이 많았다.

더구나 그의 의숙부인 귀왕과 약속한 시간이 그리 많이 남지 않았다.

어서 저들들을 아귀갱으로 몰고 가야만 했다.

"치잇! 영장노왕!"

진위건은 외치며 영장노왕 쪽으로 성큼성큼 걸어갔다. 마치 제 수하를 부리는 것처럼 가벼운 어투였다.

총령대 무인들의 호법을 받으며 운기요상 중이던 노왕이 지그시 눈을 떴다.

아직도 그의 낯빛은 검붉었다. 하지만 진위건은 보이지 않는지 그의 옆에 서서 속삭이듯 작게 말했다.

"어쩌실 거요?"

"어쩌자니, 뭘 어쩌자는 거요?"

"시간이 되었소. 일어나시오."

"아직 몸이……."

"그래서? 나가고 싶지 않으시오?"

영장노왕은 대답하지 않고 불편한 얼굴로 고개를 돌려 외면했다.

진위건이 얼굴을 차갑게 굳혔다. 그리고 입술을 살짝 더

204

듬거렸다. 전음을 날리려는 것이다.

『죽고 싶어?』

영장노왕은 귓속에 스며든 전음을 잘못 들었나 의심했
다.

하지만 이어진 전음을 들으니 잘못 들은 것 같지는 않
았다.

『노친네. 대우해 주니까 어깨에 힘이 들어가는 모양인데,
웃기지도 않는구만. 우리는 당신들 다 죽이고 떠나도 돼.
아니. 그럴 필요도 없지. 나간 후에 출구를 막아 버리면 끝
이야. 살려 달라고 한 건 당신이지, 우리가 살려 준다고 한
적은 없어. 어떻게 할래? 계속 그렇게 앉아 독을 몰아낸다
고 고집부리다가 이곳에 갇힌 채 굶어 죽을래, 아니면 지금
일어나 같이 나갈래? 선택해! 지금 당장!』

영장노왕의 얼굴이 타오를 듯이 붉게 물들었다. 잡고 있
는 방울 지팡이가 부들부들 떨렸다. 당장에라도 진위건을
향해 출수를 할 것만 같았다.

하지만 진위건은 조금도 겁이 나지 않는 듯 매섭게 그를
노려만 보았다.

잠시 후, 영장노왕은 시름 어린 한숨을 내쉬며 뇌까렸
다.

"알겠소."

진위건은 히쭉 웃었다.

“훗. 그래야지.”

용건을 마쳤다는 듯 돌아서던 진위건은 자신을 지켜보고 있는 무신총인들을 둘러보았다.

그중 몽예와 몇 마디를 나누던 여자를 발견하고 눈이 멈췄다.

독사처럼 음흉한 눈동자가 제갈설향을 위에서 아래로 훑고 지나갔다.

“제법 예쁜데?”

시선을 느꼈는지 제갈설향이 진위건을 마주 노려보았다.

“어쭈? 당돌하기까지 하셔?”

진위건의 입꼬리가 살짝 위로 올라갔다. 꽤나 마음에 드는 계집이었다.

“그럼 가 봅시다.”

등 뒤에서 영장노왕이 일어서며 하는 말에 진위건은 아쉽다는 듯 살짝 입을 다셨다. 그리고 자신의 수하들이 있는 쪽으로 걸음을 옮겼다.

영장노왕은 총령대의 주축 인사 두엇과 귓속말을 나눈 다음, 자신들 쪽을 바라보고 서 있는 무신총인들 앞으로 나섰다.

그러자 서로 소곤거리고 있던 무신총인들이 입을 다물며 그가 무슨 말을 할 것인지를 기다렸다.

영장노왕은 목소리를 높여 외쳤다.

"자! 여러분. 오래 기다리셨소. 이제 나갑시다!"

여기저기서 환호성이 터져 나왔다. 하지만 반나절 전 몽예가 나타나기 전과 비교하면 턱없이 작았다.

"귀왕의 농락은 분란을 일으키고자 함이오! 이는 저들이 지금 우리를 두려워하고 있다는 뜻이오! 갑시다! 본때를 보여 줍시다! 그리고 나갑시다! 약속한 대로 우리 총령대가 앞장을 서겠소!"

환호성이 좀 더 커지며 주변으로 번져 갔다. 그때 누군가 손을 들며 외쳤다.

"저도 앞장을 서고 싶습니다!"

영장노왕은 소리친 사람을 바라보았다. 제갈설향이었다.

그녀는 거듭 외쳤다.

"꼭 그러고 싶습니다!"

영장노왕은 대답하지 않고, 진위건 쪽으로 눈동자를 돌렸다.

진위건은 재미나다는 시선으로 제갈설향을 바라보다가 영장노왕에게 살짝 고개를 끄덕여 주었다.

그의 허락을 얻은 영장노왕은 활짝 웃으며 외쳤다.

"좋소. 우리 총령대와 함께 앞장서 주신다니 그 협의(俠義), 높이 사오! 자, 갑시다! 우리 무신총에서 나갑시다!"

영장노왕의 외침에 총령대가 각기 검을 뽑아 들고 함성을 질렀다. 그리고 일렬로 맞춰 통로를 향해 걸어 나갔다.

제갈설향은 서둘러 그들 속에 끼어들었다.

그렇게 무신총이라는 지옥에서의 탈출이 시작되었다.

＊　　　＊　　　＊

"하아, 하아, 하아, 하아."

황전쾌는 살기가 가득한 눈동자를 이리저리 돌렸다. 목욕이라도 한 것처럼 전신이 땀에 흠뻑 젖어 번들거렸다.

반나절 이상 계속 추적해 오며 그가 깨달은 건, 몽예가 도주하려면 언제라도 내뺄 수 있다는 것이었다.

거미줄 같은 통로를 제 집처럼 누비는 저 날랜 아이를 쫓을 방법은 없었다. 더구나 살수비기를 익혔는지 기척을 숨기는 데에도 능숙했다.

그럼에도 몽예는 그가 손에 닿을 듯이 가까운 범위 내에서 언제나 머물렀다.

포기하고 돌아갈까 싶을 때면 기척을 드러내 유혹했다.

그 때문에 지쳤다.

농락당하는 현실을 납득할 수 없어 힘겨웠다. 더욱이 인정할 수 없는 건, 어쩌면 이러다가 당할 수도 있겠다는 생각이 든다는 것이었다.

‘고작 열서넛 먹은 꼬맹이에게 당한다고? 나 일섬산혈 황전쾌가?’

스스로의 생각이 수치스러워 견딜 수가 없었다.

황전쾌는 내공을 끌어 올려 외쳤다.

“나와라! 어서 나와! 나와 보란 말이다! 얼쩡거리지 말고 나와!”

하지만 몽예는 기척만 이쪽저쪽에서 아른거리게 할 뿐, 그의 시야 속에 모습을 드러내지 않았다.

‘결국 그 수밖에 없나?’

몽예는 말로 표현하지는 않지만 행동으로 말을 하고 있었다.

내가 나올 수 있는 상황을 만들어 보라고.

앞에 나타나 줄 테이니 당신을 공격할 만한 빈틈을 보이라며 유혹하는 것이다.

‘좋아.’

황전쾌는 이빨을 지그시 깨물었다.

지쳤다.

이렇게 시간을 소모하는 것도 지겹다. 더구나 이제는 시간도 얼마 남지 않았다.

‘그래. 기회를 주마.’

휙!

한시도 놓지 않았던 그의 검이 공중을 날아 바닥에 꽂

혔다. 그는 주저앉아 눈을 감았다.

시간이 흘러갔다.

하지만 기다려 보아도 몽예는 모습을 드러내지 않았다.

황전쾌는 짧은 한숨을 쉬며 허리띠를 매만졌다. 그의 손길을 따라 얇고 긴 철편이 낭창거리며 흘러나왔다.

허리띠 속에 숨겨 놓은 연검(軟劍)이었다.

그는 아쉽다는 눈으로 연검을 바라보다가 휙 집어던졌다. 그리고 다시 두 눈을 감았다.

잠시 후, 몽예의 기척이 뚜렷해지는 게 느껴졌다.

황전쾌는 감았던 눈을 떠 기척이 느껴지는 장소를 바라보았다. 두 개의 검을 던진 곳이었다. 몽예가 뱀처럼 바닥에 깔려 있는 연검과 길쭉한 철검을 두 발로 밟은 채 서 있었다.

삼 장의 거리.

황전쾌가 전력을 다하여 보법을 구사한다면 한 걸음 반이면 가능한 범위였다.

"아저씨, 눈칫밥 좀 먹었나봐. 잘 알아듣네."

몽예의 말에, 황전쾌는 싸늘히 웃으며 천천히 몸을 일으켰다.

몽예는 왼손에 팔비사접 두 개를, 오른손에는 사향혈엽 하나를 끼운 채 그의 행동을 매섭게 노려보았다.

침묵이 흘렀다.

움직이는 순간, 둘 중 하나는 죽는다.

공기가 차갑게 내려앉았다. 반면 두 사람의 입술 사이로 뿜어져 나오는 입김은 불길처럼 뜨거웠다.

정물처럼 움직이지 않는 몽예와 황전쾌의 얼굴에서 굵은 땀방울이 맺히며 주르륵 흘러내린다.

툭. 툭. 툭. 툭.

황전쾌의 이마에서 흘러내린 땀방울 하나가 눈썹을 지나쳐 눈동자 속으로 스며드는 순간, 몽예의 손끝이 움직였다.

그와 동시에 황전쾌는 몸을 날렸다.

휘이이익!

공기가 찢어지며 괴성을 질러댄다.

어둠 속보다 어두운 그림자가 교차한 순간 뿜어져 나온 핏물이 사방을 적셨다.

"으으으으으윽!"

몽예는 바닥을 굴렀다. 왼쪽 어깨가 둥글게 파여 피를 쏟아내고 있었다.

일어날 수가 없는지 버둥거리며 두 눈동자로 황전쾌를 좇았다.

황전쾌는 그 자신의 던져 놓은 두 개의 검이 있는 곳에 서 있었다. 그의 목에 사향혈엽이 꽂혀 있는 것이 보였다.

몽예는 힙겹게 미소를 지었다. 사향혈엽의 날에 쇄혼독

을 듬뿍 묻혀 놓았었다. 황전쾌는 승자처럼 두 발로 버티고 서 있지만 지금뿐이다.

그는 죽는다.

'내가 이겼어.'

하지만 기쁨을 만끽할 시간도 없이 몽예의 두 눈은 가물거리며 감겨 갔다. 피를 너무 많이 흘려 더 이상 정신을 차릴 수가 없었다.

뚝.

몽예의 고개가 바닥으로 떨어졌다.

황전쾌가 검을 뽑아 들고 몽예를 향해 걸어왔다. 얼굴이 검게 물들어 있었다. 하지만 목에 꽂힌 사향혈엽 사이로 흘러내리는 핏물은 낯빛이 무색할 정도로 검었다.

죽는다.

황전쾌는 자신의 명이 여기까지임을 인정했다.

하지만 혼자 죽지는 않는다.

그는 한 발 한 발 힘겹게 내디뎌 몽예를 향해 다가갔다. 결국 몽예의 앞에 선 그는 손에 든 검을 높이 들어 올렸다.

이제 내리꽂기만 하면 된다.

황전쾌는 마지막 힘을 다해 검을 내렸다. 한데, 중간에서 멈추더니 더 이상 내려가지 않았다.

그는 가물거리는 눈동자로 자신의 검을 바라보았다. 검을 붙잡고 있는 두 손 위에 손 하나가 더 보였다.

‘뭐……지?’

황전쾌는 눈동자를 돌려 손의 주인을 좇았다.

얼굴은 어둠에 묻혀 보이지 않지만 두 눈동자가 신비한 청광을 발하고 있었다.

“누구……?”

정체 모를 자의 눈이 발하는 청광이 더욱 밝아졌고, 그 순간 황전쾌의 눈과 코, 입에서 핏물이 튀어나왔다.

스르르.

황전쾌가 그대로 굳은 채 뒤로 넘어갔다.

푸른 안광은 밝기를 줄이더니 몽예를 향했다.

“호오. 그놈 참. 나쁘지 않은 정도가 아니구만. 좋아, 꽤 좋아. 어찌할까? 고민이 되는구만.”

第七章

무언가가 머릿속에 속삭인다.

—무모했다. 그 쾌검을 쓰던 놈은 아무리 낮게 잡아도 세 수는 위였어. 도발하여 놈에게 빈틈을 만들라고 강요했던 건 좋았다. 하지만 그쯤 되는 놈은 구명절초 하나 정도는 숨기고 있지. 네 어깨를 관통한 술수는 번천지(翻天指)라는 지법이다. 한때 손가락 하나로 하북 일대에서 세 손가락 안에 들었다던, 광…… 광 뭐더라? 하여간 그런 놈이 있었는데 그놈의 성명절기이지. 뭐 다 알 필요는 없고. 네가 사향혈엽을 던지지 않고 칼처럼 휘둘렀던 그 한 수가 아니었다면 죽을 뻔했다

는 뜻이야. 그런데 그 도법은 뭐냐? 불가 쪽 무공인 것 같던
데……?


　온화한 목소리.
　경계심이 풀린다. 이 사람이라면 무엇이든 이야기를 해
주어도 될 것 같다.
　몽예는 속삭였다.
　'숙살구만도입니다.'


　―뭐? 숙살구만도였어? 소림에서 파계했다는 창가 애송
이 무공이었지? 너무 어설퍼서 못 알아봤구만. 제법이야. 충고
를 하나 하는데, 불가무학은 묵조선을 기반으로 하지. 묵상
을 통해 내면을 살피며 평정심으로 움직임을 좇는다. 그렇게
의도하지 말고 자연스럽게 흘려 보아라. 한결 나아질걸? 알아
듣겠느냐?


　'아!'
　깨닫는 바가 있었다. 그랬다. 법문에 따라 운공을 해 보
지만 항상 불편했다. 이제야 알겠다. 의도치 않음으로써 의
도할 수도 있다는 것을.
　맑게 깨이는 기분이었다.

─호오. 이놈 이거 정말 물건이네. 괜찮아, 정말 괜찮구나.
그나저나 호저귀가 뭐냐? 쯧쯧. 어떡할래? 이제 그만하지? 나
를 따라오지 않겠느냐?


끌렸다.
누군지는 모르지만 이 사람, 따뜻하다. 당명진을 떠오르
게 한다. 하지만 당명진의 복수를 포기할 수는 없었다.
진위건!
청주귀왕!
영장노왕!
그들이 두 눈을 시퍼렇게 뜨고 있는데 이렇게 물러설 수
는 없다.
몽예는 외쳤다.
'싫어요!'


─그만 하면 되었지 않느냐. 복수 따위에 네 재능을 소모
하지 말거라. 더 큰 것을 보고 더 많은 것을 담아라. 죽은 놈
도 그것을 원할 것이다.


몽예는 마음속으로 부르짖었다.
'싫어요! 싫어!'

—쯧쯔. 고집은. 그래, 이놈아. 어디 맘껏 해 보거라. 지켜보
마.

‘그런데 당신은 누구시죠?’

—알 것 없어. 말해 줘도 어차피 기억도 못 할 것이야. 쯧쯔
쯔. 자, 충분히 쉬었지? 그러니 이제 그만 일어나!

"헉!"
몽예는 번쩍 눈을 떴다. 고양이처럼 몸을 휘돌려 안착한
후, 눈동자를 굴려 주변을 살폈다.
먼저 시야에 들어온 건 황전쾌의 시신이었다.
기억이 돌아오기 시작했다.
검을 버린 황전쾌를 노리며 달려들었다. 격돌의 순간 그
의 손가락이 뿜어내던 날카로운 기운!
본능적으로 숙살구만도의 삼식을 구사하지 않았다면
어깨가 아닌 미간에 구멍이 났을 터였다.
죽을 뻔했다.
몽예는 왼쪽 어깨를 매만졌다.
"어?"
상처가 있기는 하지만 생각보다 심하지 않았다. 송곳에
찔린 정도에 지나지 않았다.

분명 어른 손가락만 한 넓이의 관통상이었던 것 같은
데…….
'어라?'
내기의 흐름이 원활했다.
거듭된 싸움으로 인해 단전에서 왼팔로 이어지는 혈맥이
막히고 끊겼었다. 한데 지금은 내력이 자연스럽게 움직였
다.
어찌된 일일까?
몽예는 날카롭게 눈매를 좁히고 주변을 세세히 살폈다.
수상했다.
기억을 더듬어 보려는데 갑자기 머리가 아파 왔다.
"으음."
괜찮아. 떠올릴 필요 없어. 살았으니까 되었잖아.
그렇게 누군가 속삭이는 것만 같았다.
어처구니없지만 그 목소리를 거부할 수가 없었다.
그래, 살았으니 되었다.
죽일 수 있게 되었으니 잘 되었다.
그렇게 마음먹으니 자신에게 벌어진 이상한 일이 그다지
이상하게 여겨지지 않았다.
당연한 것만 같다.
몽롱하게 풀렸던 몽예의 눈동자가 제 색깔을 찾았다.
몽예는 그쯤에서 생각을 끊고 흑심잠무을 사용하여 기

척을 숨겼다. 그리고 그만이 아는 통로를 이용해 자리에서 벗어났다.

황전쾌의 시체만이 남은 자리, 불쑥 누군가가 모습을 드러냈다.

"의심은 더럽게 많네."

짜증이 나는지 그렇게 투덜거리던 사람은 살짝 웃으며 중얼거렸다.

"그런데 그것도 마음에 드는구만. 거참. 허허헛, 허허허허 헛!"

*　　*　　*

몽예는 달리며 운기를 해 보았다. 내공의 흐름은 불순하기는 했지만 끊어지지 않고 도도하게 이어졌다.

이 정도면 복수를 다짐하며 빙염호를 나올 때보다 오히려 나았다.

뭔가 의심스러운데 머릿속은 자꾸 신경 쓸 필요가 없다고 속삭여댔다.

몽예는 고개를 마구 흔들어 머릿속의 잡념을 비웠다.

그래, 신경 쓸 필요 없다.

다시 진위건과 귀왕, 영장노왕의 목숨을 노릴 수 있게 되었으니 그것만으로 좋다.

불개침공 쪽으로 달려가던 몽예는 멀리서 느껴지는 소음에 걸음을 멈췄다.

흑심잠무를 운용하여 기척을 지우고 땅바닥에 달라붙어 몸을 숨겼다. 그리고 나서야 소음이 들려온 쪽으로 기어갔다.

중앙 통로 쪽이었다.

다가갈수록 소음을 더욱 커지고 있었다. 수많은 사람이 이동하고 있다.

몽예는 고개만을 살짝 들어 올려 사람들을 살폈다.

하나같이 무기를 든 것이 분위기가 흉흉했다. 사이사이에 숭무정의 무사가 끼어 인도를 하고 있었다.

아귀갱으로 가고 있는 것이다.

결국 무덤 속으로 스스로 기어 들어가는 게다.

'멍청이들.'

답답했다. 그토록 아등바등 살아왔으면서 왜 저토록 쉽게 목숨을 버리는 것일까.

하기야 남 말 할 처지는 아니었다.

복수라는 가치 없는 목적으로 움직이고 있는 주제에 누구를 욕할까.

그래도 포기할 수는 없다. 그랬다만 머리와 몸이 부서져 버릴 것 같으니까.

몽예는 슬금슬금 뒤로 기어서 물러났다.

중앙 통로는 환히 드러난 장소였다. 황전쾌와 그의 수하들을 상대할 때처럼 이용할 만한 지형지물이 없었다.

대신 저들의 목적지, 아귀갱은 달랐다. 그리고 저들의 궁극적인 목표점인 탈출구 또한 달랐다.

몽예는 자신이 가진 가장 무서운 무기가 무엇인지를 깨달았다.

'당명진이 주었던 지도!'

적들과는 다른 경로로 적들보다 먼저 도달할 수가 있다. 점거한 후 기다리고 앉아 암습할 수도 있었다.

어느 정도 거리가 벌어진 듯싶자 몽예는 재빨리 일어나 뒤로 달려갔다.

아귀갱으로.

저들이 의도한 지옥 위에 내가 만들 지옥을 덧입히기 위해!

＊　　　＊　　　＊


무림에는 이따금 사람이되 사람이라고 부를 수 없는 광인(狂人)이 나타나고는 한다.

익힌 무공의 특이성으로 인함이라든가, 혹은 수련 과정의 혹독함 때문에 인성을 잃게 되는 경우가 그러하다.

이러한 광인은 위험하다. 무공이 비슷한 수준이라고 맞

224

상대했다가는 필패이다.

인성이 없기 때문이다.

사람을 사람으로 대하지 않으니 주저함이 없다. 더구나 오직 본능에 따라 움직이기에 판단이 빠르다. 가장 무서운 점은 두려움이 없다는 것이다.

강호의 무가는 육참골단(肉斬骨斷)을 강조한다. 살을 주고 뼈를 벤다.

지닌 무공의 수준에 앞서는 의지를 다지기 위함이다.

하지만 말로 전하고 윽박질로 강압한다고 하여 받아들일 수 있는 건 아니다. 오직 혹독한 수련과 실전의 경험을 통해서만 얻을 수 있다.

그런데 광인은 본능적으로 살을 베고 뼈를 취한다. 아니, 그 정도 수준이 아니다. 상대를 죽이기 위해서라면 내가 죽어도 상관없다.

그것이 광인, 혹은 마인(魔人)이라고 불리는 자들이다.

하지만 무신총에서는 이러한 마인을 다른 말로 부른다.

'아귀(餓鬼)'라고…….


몽예는 거대한 구덩이 속을 가만히 내려다보았다.

보이는 건 아무것도 없다. 아귀갱이라고 불리는 저 밑은 무신총 안에서도 가장 어둡기 때문이다.

하지만 느낄 수는 있었다. 저 밑에 뭔가가 가득했다.

'아귀중.'

몽예의 경우 기감이 남보다 예리하다.

흑심잠무라는 살수비기를 익혀서만은 아니었다. 무공이
라기보다 생존 욕구가 만들어낸 초능(超能)에 가까웠다.
어리고 약한 탓에, 살기 위해서는 상대의 살의를 미리 읽고
피해야 했기 때문이다.

하기에 몽예는 자신이 가진 초능에 가까운 기감을 통해
사람의 기척을 구분할 수도 있었다.

의결인의 경우 대부분이 곧고 정갈하다.

광마당은 어둡고 세차다.

총령대는 혼탁하다. 위는 맑은데, 아래로 불순물이 잔뜩
가라앉은 느낌이다.

하지만 전체를 아우르는 공통점도 있다.

몽예는 모두에게서 느낄 수 있는 공통된 느낌을 '사람
냄새'라고 불렀다. 사람이라면 모두가 가지고 있으니까.

하지만 저것들, 아귀중에게서는 사람 냄새가 나지 않았
다.

그래서 몽예는 아귀중을 무서워했다. 통로를 오가다가
아귀중의 기척이 느껴질 때면 싸워 이길 수 있을 때에도 피
해서 도망쳤었다.

본능적인 거슬림이 저것들은 위험하다고 속삭여댔기 때
문이었다.

그런데 아귀중의 소굴인 아귀갱에 제 발로 걸어오게 되다니.

몽예는 침을 꿀꺽 삼켰다.

무서웠다. 혹시나 죽을지도 모른다는 걱정 때문은 아니었다. 본능적인 두려움에 가까웠다.

하지만 몽예는 결심을 하고 표정을 다부지게 고쳤다. 그리고 떨리던 손발에 힘을 주어 고정시킨 다음, 벽을 붙잡고 천천히 기어 내려갔다.

두려움도 복수심을 이길 수는 없었다.


아무것도 보이지 않는다. 이토록 짙은 어둠 속에서는 손발로 더듬어 지형을 살펴야 했다.

하지만 아귀갱에서는 그럴 필요가 없었다.

사백을 넘는 아귀들이 만들어내는 소음과 기파를 읽어 주변의 정황을 살필 수 있으니까.

"크르르르르르."

"키킥 키키키키킥."

기분 나쁜 괴음이 가득하다.

사람의 말조차 잊어버린 아귀들은 저런 식으로 대화를 나누는 모양이었다.

움직이는 소리가 괴상한 것을 보면 짐승이라는 것들처럼 두 팔을 발처럼 사용하는 자들도 상당한 것 같았다. 걷는 법조차 잊어버린 것이라고 짐작되었다.

그럼에도 아귀들은 자신들과 다른 이질적인 기척만은 귀신처럼 알아챘다.

몽예는 호흡마저 삼키며 조심스럽게 한 발씩 내디뎠다. 조심해야 했다.

보이지는 않지만 자신의 바로 곁에 아귀중이 가득했다.

두려움을 지워야 한다. 그래야 기척을 숨길 수 있다. 하지만 마음속 깊이 자리한 본연의 공포심까지는 어쩔 수가 없었다.

정말 무사할 수 있을까?

이대로 괜찮을까?

자꾸 떠오르는 질문에 정심이 흔들렸다.

순간, 아귀중이 달려들어 자신을 뜯어 먹는 장면이 떠올랐다.

몽예는 저도 모르게 짧은 신음을 뱉었다.

"으음."

흑심잠무가 흔들렸다. 그 순간 아귀들이 이질감을 느꼈는지 주변의 분위기가 사나워졌다.

"크르르르륵!"

그중 하나가 쏜살같이 달려들었다.

몽예는 피할까 아니면 마주 공격할까 갈등했다. 하지만 본능적으로 일어난 내력을 애써 풀어 버렸다.

228

그사이 아귀가 몽예의 몸에 올라타 바닥에 쓰러트렸다.

몽예는 온몸의 힘을 풀었다. 당장에 상체를 누르고 있는 아귀의 겁박을 풀 수는 있지만, 이어지는 아귀들의 공격을 막을 수는 없었다.

이질감을 지워야 한다.

'다시 흑심잠무를!'

아니, 그 정도 가지고는 안 된다.

아귀는 이미 몽예가 정물이 아님을 알아챈 상태였다.

'그렇다면?'

저들과 다르지 않다고 느끼게 하여야 한다.

기척을 지우는 무형성(無形性)이 아니라 동형화(同形化)가 답이다!

아귀가 되자.

몽예는 자신의 기척을 오히려 드러냈다.

'세차고, 사이하게.'

무공이 아닌 인성 속에 갇힌 탐욕과 광기의 본능을 억지로 끌어냈다.

그리 어렵지는 않았다.

복수심이라는 감정에 휩싸인 상태였다. 더구나 사람 모양이나 하라며 강요하던 당명진은 이미 죽어 버렸다.

그 때문인지, 오히려 꼭 감싸인 쇠사슬이 일시에 풀린 기분이었다.

"크르르르르르."

몽예의 입에서 짐승이 위협하는 듯한 괴음이 흘러나왔
다. 스스로 놀랄 지경이었다.

'내 속에도 이런 짐승이 살고 있었던가?'

어쩐지 즐거웠다.

마음이 편해졌다.

'그래, 이것저것 가릴 필요 없잖아? 사람 고기 좀 먹으면
어때? 어차피 다들 그렇게 살고 있잖아? 원래 그렇게 살고
싶었잖아? 당 아저씨의 강요였지, 나는 원래 이런 놈이었던
거야. 그렇지?'

맞았다.

태어나서 보고 듣고 경험한 모든 것이 참상(慘狀)이었다.

당명진은 항상 사람다워라 훈육했지만, 몽예가 살아오
며 본 가운데 진정 '사람'이라고 할 만한 사람은 창구정과
당명진밖에 없었다.

나머지는 정도의 차이가 있을 뿐, 모두 다 괴물이었다.

사람이 사람다운 게 이상한 거다. 본래 사람은 괴물이지
않은가!

몽예의 눈동자가 광기를 담고 타올랐다.

이제야 알겠다. 아귀를 두려워했던 건 자신의 진정함과
다르지 않다는 걸 알았기 때문이었을지도 모른다.

무신총이라는 지옥이 아귀라는 괴물을 만들어냈다지만,

어쩌면 진정한 아귀는 몽예 자신일지도 몰랐다.

아니. 아귀 따위가 아니다.

'나는 마귀(魔鬼)!'

지옥에서 태어나고 자란 악의 백성이며 마의 주민이자 어둠의 파수꾼인 야차(夜次)이리라!

몽예는 자신을 올라탄 아귀를 향해 주먹을 내질렀다.

콰앙!

"케케케케케켁!"

아귀는 뒤뚱거리며 물러났다. 턱 아래가 사라져 있었다.

몽예는 바로 일어났다. 주변을 살피니 다른 아귀들은 그저 멍하니 구경하는 눈치였다. 몽예를 자신들과 같은 아귀로 인식한 모양이었다.

아귀 사이의 다툼이다.

싸움에 끼어들기보다 둘 중 하나가 죽기를 기다렸다가 같이 뜯어 먹으면 된다.

아귀들의 생각이 읽힌다. 당연했다. 지금 이 순간, 몽예는 사고방식까지 아귀와 다르지 않았으니까.

"크르르르르르!"

마음이 검게 물들어 간다.

그래, 이게 진짜 나다!

몽예는 자신을 공격했던 아귀를 향해 달려들었다. 손발이 광폭한 선을 그리며 아귀를 가격했다.

퍽퍽퍽퍽!

타격음이 끊이지 않고 울려 퍼졌다. 피가 튀고 뼈가 뒤틀렸다. 아귀 역시 공격을 감행하려 했지만 몽예의 현란한 움직임을 따를 수는 없었다.

어둠에 가려 보이지 않지만, 몽예의 두 주먹은 피로 물들어 있었다. 얼굴은 광기에 취해 웃고 있었다.

어느 순간 몽예의 두 손은 멈췄고 공격을 받던 아귀는 푹 하고 넘어갔다. 죽어 버린 것이다. 그럼에도 몽예는 그 위에 올라타더니 입을 쩍 벌렸다.

뜯어 먹자!

이것의 살덩이로 주린 배를 채우고, 피를 들이켜 갈증을 가셔내자!

몽예의 입이 아귀의 목 부위를 노리고 내려갔다.

그때 어디선가 목소리가 울렸다.

*—이노오옴!*

몽예는 퍼뜩 놀라, 주먹을 멈췄다.

'당 아저씨?'

환청이 아니다. 분명히 들렸다.

몽예는 기감을 높여 보이지 않는 어둠을 뒤졌다. 하지만 아귀 외에 그 어떤 것도 느껴지지 않았다.

기다려 보아도 더 이상 목소리는 들려오지 않았다.

'당 아저씨 아닌가?'

자신을 혼낼 사람은 당명진밖에 없다.

광기에 휩싸여 사라졌던 몽예의 이성이 고개를 들었다.

당명진은 죽었다. 그래서 복수를 하고자 하는 마음에 여기까지 온 것 아니었나.

몽예는 주먹을 풀어 스르르 내리고 아귀에게서 떨어졌다. 그러자 주변에 깔려 있던 아귀들이 일제히 쓰러져 있는 놈에게 달려들었다.

"캬캬캬캬캬캬캭!"

"키키키키키키키킥!"

퍼더더덕.

피와 살점이 이리저리 튀어 올랐다.

몽예는 아귀들을 밀쳐내려 했다.

나의 것이다!

내 먹이란 말이다!

하지만 당명진의 목소리가 들렸다.

'몽예야, 너는 안 돼!'

그는 죽었음에도 자신이 걱정된 까닭에 저세상에 이르지 못하고 유혼(幽魂)으로 주변을 떠도는 것일까?

가슴이 뭉클했다. 몽예는 고개를 숙이며 속으로 당명진의 목소리에 답했다.

‘알았어요, 알았다구요.’

그렇게 웅얼거리고 나니 검게 물들었던 마음에 따뜻한 빛살이 스미는 것 같았다.

*       *       *

아귀갱 좌측 구석을 꺾은 후, 한 번 더 오른쪽으로 꺾으면 숨겨져 있는 통로가 모습을 드러낸다.

그 안은 바깥과 다르게 어둡지 않았다. 일정한 간격마다 꽂혀 있는 횃불이 어둠을 물리고 있기 때문이었다.

입구가 두 번이나 꺾여 있는 까닭에 통로 속의 불빛은 밖으로 새지 않았다.

통로의 제일 끝, 막혀 있는 벽을 앞에 두고 몇 사람이 분주히 오가고 있다.

의복을 거의 입지 않는 아귀중과는 다르게 나름 깔끔한 청색무복에 견갑을 착용한 것으로 보아 숭무정의 무인들이 분명했다.

그들의 행동을 유심히 바라보고 선 사내가 있었다.

하얀 얼굴 위로 드러난 푸른 핏줄이 거미줄 같아 섬뜩한 인상을 주는 중년인, 귀왕이었다.

숭무정의 무사들은 귀왕의 눈치를 보며 벽에 뚫린 주먹만 한 구멍 속에 단봉 형태의 물건을 집어넣고 있었다.

234

그들의 동작은 능숙하고 재빨랐지만 귀왕에게는 답답하게만 보이는 모양이었다.

참다못한 귀왕이 외쳤다.

"얼마나 더 기다려야 하느냐!"

숭무정 무인 중 하나가 대답했다.

"거의 다 마, 마쳤습니다. 이 심지에 불을 붙이면 매설한 폭약이 터져 출구가 드러날 것입니다."

그러며 무사는 벽에 연결되어 있는 줄 하나를 내밀었다.

청주귀왕이 줄을 받아들고 이리저리 살펴보자 무사는 그의 눈치를 보며 조심스럽게 말했다.

"다만, 한 가지 문제가 생겼습니다."

청주귀왕은 손에 들린 줄에서 눈동자를 무사에게로 돌렸다.

"문제?"

망설이던 무사는 어쩔 수 없다는 듯이 눈을 질끈 감으며 힘겹게 말했다.

"지반이 생각보다 약합니다. 유지 시간이 미리 책정해 두었던 것보다 짧을 가능성이……."

"얼마나?"

"일각 반 정도 유지될 것 같습……."

퍼억!

무사의 머리가 터져 사라졌고 목이 사라진 시체는 스르

르 가라앉았다.

다른 무사들은 두려움에 벌벌 떨며 몸을 숙였다.

청주귀왕은 그들을 매섭게 노려보며 한 걸음씩 다가갔다.

일각 반이라니.

아귀중이 명령에 따라 일사불란하게 움직인다고 해도, 모두가 빠져 나가려면 이각 이상의 시간이 필요할 것이다.

그런데 일각 반이라니.

협력자는 고사하고 아귀중조차 제대로 빠져나가기 힘들 시간이었다.

“젠장맞을.”

수양이 깊은 편인 청주귀왕이지만 욕이 나오지 않을 수가 없었다.

이십 년 세월 동안 힘들게 꾸려 왔던 역사인데 마지막에 이르니 잡다한 일이 계속 생기고 있다.

아귀병단은 숭무정의 예정된 전위 세력이기 이전에 귀왕의 발판이었다. 그가 다른 형제들과 어깨를 나란히 할 수 있는 힘이 되어 줄 무기였다.

그런데 다 데리고 나갈 수 없을지도 모르게 되었으니 어찌 참을 수 있을까!

청주귀왕의 얼굴 표면을 종횡으로 가로지르는 푸른 핏줄이 붉게 달아올랐다. 그와 동시에 눈동자는 검게 물들었다. 마귀가 실제로 존재한다면 그와 같지 않을까 싶을 정도로 기괴한 모습이었다.

수하들은 두려움에 벌벌 떨며 뒤로 물러섰다.

하지만 잠시 후 청주귀왕의 얼굴은 평소의 모습으로 돌아왔다.

"어쩔 수 없지."

수하들을 죽인다고 달라지는 건 하나도 없었다. 일각 반이라는 시간 동안 최대한 많은 수의 아귀를 빼낼 방법을 궁리를 하는 편이 옳았다.

그러기 위해서는 대법의 완성이 선결되어야만 했다.

'귀등섭령마공(鬼燈攝靈魔功).'

아귀중을 완성하기 위해 그가 익힌 무공이었다.

다른 형제들은 무신구절을 하나씩 갈라서 익혔지만, 그만은 귀등마조(鬼燈魔祖)라는 자가 남긴 무공인 귀등섭령마공(鬼燈攝靈魔功)을 익혔다.

형제들의 양보를 하지 않아서가 아니었다. 고심 끝에 그 스스로 내린 결정이었다.

귀등섭령마공은 무신구절만 못하지만 다른 장점이 있었다. 육성을 넘으면 귀령주(鬼靈呪)라는 술법을 통해 그의 명령만을 쫓는 마인을 양성할 수 있다는 것이었다.

그리하여 아귀중을 만들 수 있었다.

무신총이 사람 살기 어려운 환경이기는 하지만, 인성이

란 쉽게 사라지는 것이 아니다. 무신총인 중 절망과 굶주림에 좌절하는 사람이 생기면 그들에게 다가가 귀령주를 부렸다. 아귀중은 그렇게 하나씩 공을 들여 이십 년이라는 세월 끝에 만들어낸 것이다.

"응?"

청주귀왕의 귀가 움직였다. 밖이 시끄러웠다.

"무슨 소란이지?"

무신총인들이 도착할 시간은 아직 되지 않았다. 하기에 아귀중을 대기시킨 후, 서로 다투지 말라고 명령을 내려놓은 상태였다. 하지만 아귀들은 종종 내린 명령을 잊고 날뛰었다. 아직 귀령주가 완성되지 않았기에 명령보다 식욕이라는 본능이 우선하기 때문이었다.

뻔했다. 아귀끼리 서로를 잡아먹고 있는 중이리라. 종종 벌어지는 일이었다.

'안 그래도 신경 쓸 것이 많은데…….'

청주귀왕은 눈살을 찌푸리며 아귀갱 쪽으로 달려갔다.

빛살처럼 허공을 가르며 입구를 벗어난 청주귀왕은 아귀들의 중심부에서 다툼이 벌어지고 있음을 알아채고는 눈살을 찌푸렸다.

아귀들을 가르며 그쪽으로 가려는 찰나, 청주귀왕은 뭔가 다르게 느껴지는 기척에 몸을 세웠다.

'응?'

자신이 나온 탈출로의 입구 쪽을 돌아본다.

분명 뭔가가 느껴졌다. 하지만 다시 생각해 보니 아귀였던 것 같다.

한 마리가 몰래 안으로 숨어든 걸까?

귀왕은 통로로 다시 들어가 꺼내올까 싶었지만, 그사이에 아귀들의 난동이 더 심해질지도 모른다는 생각에 그대로 아귀들 사이로 발길을 옮겼다.

그사이에 통로 속으로 숨어든 아귀, 아니 자그마한 마귀는 달리고 또 달렸다.

더 깊고 더 멀리!

마치 미리 알고 있던 것처럼 능숙하게!

*　　*　　*

숭무정의 정예무사 진호는 자신이 처한 상황을 받아들일 수가 없었다.

기억을 더듬어 본다.

그는 동료들과 함께, 청주귀왕이 죽인 선위무사의 시체를 정리하던 중이었다. 선위무사의 품을 뒤져 가족에게 건네줄 유품을 정리하고 있었다.

통로 쪽에서 갑자기 추괴한 차림의 아이가 튀어나왔다.

아귀 중 하나인가 싶어 당연하게 손을 쓰려고 했다. 그때 소아귀는 나비 모양을 한 암기를 던졌고, 검으로 튕겨내려 하자 그 암기는 방향을 바꿔 가슴에 틀어박혔다.

그리고 기억이 없다.

숨을 쉴 때마다 가슴이 끊어질 듯 아팠다. 그렇다고 숨을 참으면 죽을 것 같았다.

진호는 힘겹게 고개를 돌렸다. 조금 전까지 같이 떠들던 네 명의 동료들이 자신처럼 누워 있는 것이 보였다. 아니, 달랐다. 그들은 자신처럼 가슴이 들썩이지 않았다.

그들 사이에 소아귀가 보인다.

"ㅇㅇㅇㅇㅇㅇㅇ"

소아귀는 신음 소리를 들었는지 몸을 돌려 그에게로 다가왔다.

천천히 걸어오는 소아귀의 용모는 말라붙은 핏물만 없다면 예쁘장하다고 해도 될 정도였다. 하지만 눈동자만은 그가 보았던 그 어떤 사람보다 냉정하고 차가웠다.

진호는 벌벌 떨며 손발을 바둥거렸다. 피해야 했다.

이대로 있다간 저 소아귀의 손에 죽고 만다.

하지만 몸이 움직여지지 않았다.

그사이에 코앞까지 다가온 소아귀는 진호가 사용하던 검을 들어 그의 눈앞에 이리저리 휘저었다.

"물을 게 있어."

변성이 되지 않아 여자처럼 가는 목소리.

하지만 그렇기에 더 섬뜩했다.

"저 벽에 연결된 끈은 뭐야?"

진호는 입을 굳게 다물려 했다. 하지만 오히려 위아래로 찢어질 듯이 벌어지고 말았다.

"으아아아악!"

어깨에 검이 꽂혀 있었다.

소아귀는 검을 다시 뽑아 들며 고저 없는 목소리로 다시 말했다.

"저 끈은 뭐야?"

진호는 다시 입을 다물겠다는 생각을 하지 않았다.

"저 끈은……."


모든 설명을 들은 몽예는 무인의 목에 검을 가져다 대고 스윽 옆으로 그었다.

푸욱!

갈라진 무인의 목에서 터져 나온 핏물이 넓게 퍼지며 몽예의 자그마한 얼굴을 적셨다.

몽예는 대수롭지 않은 듯이 표정 없는 얼굴로 일어서며 몸을 돌렸다.

막혀 있는 벽 이곳저곳에 뚫려 있는 구멍에서 꼬리처럼 튀어나와 하나로 엮여 있는 끈이 눈에 들어왔다.

"그렇단 말이지?"

몽예는 입가에 섬뜩한 미소를 지으며 바닥에 늘어져 있는 끈을 향해 걸어갔다. 시선을 옆으로 돌리니 상당한 수량의 화탄이 비치되어 있는 것이 보였다.

재미난 무기가 생겼다.

언제 어느 때에 이걸 사용해야 놈들을 효과적으로 뒤흔들 수 있을까?

＊　　　＊　　　＊

청주귀왕의 얼굴에 가득한 핏줄이 붉게 타올랐다. 눈동자는 아귀갱을 채운 어둠보다 더욱 검게 물들었다.

귀등섭령마공 중 귀령주를 구사할 때 벌어지는 현상이었다. 그의 주변에 있는 아귀들은 다툼을 멈추고 스르르 몸을 굽혔다. 하지만 바깥쪽의 아귀들은 아직도 다툼을 멈추지 않고 있었다.

청주귀왕은 짧게 한숨을 쉬었다. 이렇기에 귀령주의 대법을 완성해야만 했다.

심령금제가 완성되면 아귀는 마지막 남은 본능마저 지워 버리고 오직 시술자의 명령만을 따르게 될 것이다.

구파오가나 이부삼성 중 서너 개쯤은 단숨에 쓸어버릴 수 있는 무력단체 아귀병단이 탄생한다는 의미였다.

하지만 귀령주를 완성하려면 두 가지의 제물을 필요로

했다.

아귀 한 마리당 그 수준에 걸맞은 고수의 심장 하나.

그리고 역시 그만한 고수의 생혈.

일류 수준의 아귀를 만들기 위해서는 일류고수가 둘이나 필요하다는 의미였다. 아니, 아귀 자체를 포함하면 도합 셋이다.

하나둘은 만들 수 있다. 하지만 수십 이상을 만들기는 무리였다. 하기에 귀등마조조차도 귀령주를 창안만 했을 뿐, 완성할 수 없었다.

하지만 청주귀왕은 가능했다.

무신총에는 그만한 고수들이 넘쳐났으니까.

귀왕은 지난 이십 년이라는 긴 세월 동안 아귀들을 만드는 와중에 따로 시간을 내어 사백 개의 심장을 마련했다.

힘겨운 나날이었다.

심장을 복용시킨 후, 다시 일류고수 사백의 생혈을 필요로 하지만 그 역시도 준비가 되었다.

바로 진위건이 데려올 무신총인들이다.

그렇기에 일을 이렇게 복잡하게 꾸민 것이었다.

청주귀왕은 잡념을 끊고 귀등섭령마공의 운기에만 집중했다. 그리고 한참 동안 아귀들 사이를 이리저리 돌아다녔다. 상당한 시간이 흐른 뒤에 겨우 아귀들의 흥분을 가라앉힐 수 있었다.

그제야 청주귀왕의 핏줄이 본래의 푸른색으로 돌아왔다.

"휴우."

이제 시간이 별로 없었다.

청주귀왕은 잠시 고민했다.

출구 쪽으로 가서 마지막 점검을 해 볼까 하는 생각이 들었지만 그 시간도 아까웠다.

조금 있으면 진위건이 제물이 될 무신총인들을 이끌고 올 것이다. 이제 아귀중에게 오늘을 위해 비축해 놓은 심장을 먹여야 했다.

벌써부터 청주귀왕의 입가에 미소가 맺혔다.

"이제 드디어 나가는구나."

그라고 해서 무신총이라는 지옥이 좋아 머물렀던 건 아니다. 아귀중의 완성이라는 야망이 없었다면 당장에 튀어나갔을 것이다.

참고 또 참아 왔다. 원한다면 언제라도 나갈 수 있음에도 이 지옥에 머물러야 했던 건 순간마다 치미는 고통이었고 갈등이었다.

드디어 나간다!

아귀중이라는 날개를 달고 세상에 웅지를 펴려 한다!

"푸하하하하하하하핫!"

청주귀왕은 터지는 웃음을 누르며 다시 귀등섭령마공을

운기했다. 그의 주문에 따라 아귀들은 발을 맞추어 각기 예정된 쪽으로 기어갔다.

기쁨에 겨워 웃고 있는 청주귀왕은 알 수 없었다. 탈출로 입구 쪽에서 자그마한 소마귀가 눈을 빛내고 있다는 것을.

아귀갱 오른쪽 측면에는 아귀갱만큼은 아니지만 수백 명쯤은 너끈히 수용할 수 있는 상당한 규모의 동굴이 연결되어 있었다.

청주귀왕은 사백여 마리의 아귀들을 그리로 몰아넣었다.

심장의 흡입시키는 과정은 상당히 위험했고 어려웠다. 더욱이 시기 또한 중요했다.

또한, 고도의 집중력까지 필요했다. 따라서 어떠한 방해도 있어서는 안 되었다.

청주귀왕은 자신이 내린 명령에 따라 둥글게 둘러앉아 있는 사백여 아귀를 훑어보았다.

"자, 시작해 볼…… 음?"

귀왕은 눈을 가늘게 좁히고 오백 아귀를 떠나 주변을 살폈다. 뭔가가 아른거리는 느낌이 있었다.

하지만 지금은 아무것도 느껴지지가 않았다.

귀왕은 고개를 갸웃거렸다.

기분이 들떠 그런 것일까?

그럴지도 몰랐다. 아니, 그럴 것이 분명했다.

귀왕은 불길함을 억지로 떨쳐내고 호흡을 가눈 다음, 땅바닥에 손을 가져다 댔다.

휘이이이이이잉!

푸른 빛살과 함께 둥근 파문이 일며 그가 손을 댄 부분이 들썩였다.

어느 순간, 귀왕은 바닥에 댄 손을 높이 들어 올렸다. 그러자 땅바닥 속에서 투명한 원통 하나가 그의 손을 따라 솟아올랐다.

귀왕은 투명한 원통을 보물단지처럼 조심스럽게 들더니 옆에 내려놓았다.

백년빙정(百年氷晶)을 가공해서 만든 단지였다. 단지 속에는 주먹만 한 살덩어리가 가득 담겨 있었다.

귀왕은 흐뭇한 미소를 지으며 빙정단지를 쓰다듬었다.

그리고 다시 땅바닥에 손을 대었다.

바닥이 들썩이며 빙정단지 하나가 더 들려 올랐다.

세 번을 더 같은 행위를 반복하여 다섯 개의 단지를 내려놓고서야 귀왕은 안도의 한숨을 쉬었다.

굵은 땀방울이 줄기를 이루어 흘러내렸다.

가벼워 보이는 행동이었지만, 빙정에 무리를 가하지 않기 위해 수십 년 수위의 공력을 사용하여야만 했다.

잠시 운기조식을 통해 소진된 내공을 회복하고 싶었지

246

만 그사이 빙정단지가 녹아내릴 수도 있었다.

빙정단지 사이로 들어가 가부좌를 틀고 앉았다.

이제부터가 진짜 시작이었다.

"음?"

귀등섭렵마공의 귀령주 법문을 운기하려던 귀왕은 감았던 눈을 뜨고 옆으로 고개를 돌렸다.

또 이상한 기척이 느껴졌다. 가만히 기파를 넓혀 본다. 이번에도 착각이었는지 느껴지는 것이 없었다.

귀왕은 잠시 더 주변을 살피다가 고개를 갸웃거렸다. 환청인가 보다. 이상하기는 했지만, 이십 년 숙원의 완성을 눈앞에 두고 있으니 그럴 만하다 싶기도 했다.

귀왕은 다시 눈을 감았다. 그리고 귀등섭렵마공의 귀령주 법문을 읊조리기 시작했다.

끼이이이이이이이이익!

귀신의 울부짖음 같은 괴이한 소리가 귀왕의 전신에서 퍼져 나왔다.

오백여 아귀들은 저마다 입을 둥글게 모으며 비슷한 괴성을 질러댔다.

"키이이이이이이익!"

"끼이이이이이이이익!"

그러자 귀왕의 몸이 들썩이며 핏빛 안개를 뿜었다.

휘이이이잉.

안개는 귀왕의 주변에 놓여 있는 빙정단지를 감싸고 그 속으로 녹아들었다.

그 순간 붉은 빛이 번지며 빙정단지 속에 가득한 심장들이 아직껏 살아 있는 것처럼 고동치기 시작했다.

두근. 두근. 두근. 두근.

사백 개의 심장이 동시에 고동치는 소리에 아귀들이 흥분했는지 탐욕 어린 얼굴로 버둥거렸다. 당장에라도 튀어나가 심장을 먹어 버리고 싶은 모양이었다.

귀왕의 눈동자가 뜨이더니 검은 빛을 뿜었다.

그러자 빙정단지가 산산이 부서지며 그 안에 담겨 있던 심장이 굴러 나왔다.

그게 신호라는 듯이 아귀들은 달려 나왔고 저마다 심장을 하나씩 낚아챘다.

귀왕은 운기를 멈추고 가쁜 호흡을 가누었다.

이제 반은 이루었다. 이제 아귀들이 심장을 흡취한 뒤에 다시 귀령주를 운기하면 된다. 그 후 제물로 도착할 무신총인들의 생혈을 마시게 하면 무적군단인 아귀병단이 완성되는 것이다.

잠시 기다리는 사이 심장은 사라졌다.

귀왕은 다시 가부좌를 틀고 앉으며 눈을 감았다. 기쁨이 넘쳐 운기를 하기도 쉽지 않았다.

이제 이십 년의 염원이 이루어진다고 생각하니 감동으로

눈시울이 붉게 물들 정도였다.

하지만 지금이 가장 신중해야만 할 때였다.

귀왕은 다시 귀등섭령마공의 귀령주 법문을 운기했다. 그러자 아귀들은 멍한 얼굴로 털썩 주저앉았다.

이제 이렇게 귀령주를 운용하여 아귀들이 날뛰지 못하도록 제압시켜 놓고 기다리기만 하면 되었다.

그때였다.

아귀들 저편에서 뭔가가 들썩였다.

뚜벅, 뚜벅, 뚜벅, 뚜벅.

사람이다. 다가오고 있다.

귀왕은 놀랐지만 일어설 수 없었다.

반 시진간 귀등섭령마공의 귀령주 법문을 계속 운기해야만 했다. 그러지 않으면 모든 게 수포로 돌아가고 만다.

하지만 눈만은 뜰 수가 있어 다가오는 사람이 누구인지를 살필 수 있었다. 숭무정의 무사이기만을 바라고 또 바랐다. 하지만 기대는 곧 절망으로 바뀌었다.

"안녕? 나 기억 나?"

자그마한 아이였다.

귀왕은 부들부들 떨었다. 당명진과 함께 있던 몽예라는 소년이 분명했다. 이놈이 왜 이곳에 있단 말인가?

몽예는 싱글벙글거리며 아귀들 사이를 비집고 들어와 귀왕 앞에 쪼그려 앉았다.

"움직일 수 없나 보네? 그치?"

귀왕의 눈에 핏발이 올라섰다. 운기를 멈출 수만 있다면 당장에 손을 뻗어 모가지를 꺾어 버리고 싶었다.

하지만 몽예는 그럴 수 없다는 걸 아는지 조롱을 담아 픽 웃었다.

몽예는 쓱 뒤를 돌아 아귀들을 살폈다. 그리고 다시 고개를 돌려 귀왕을 향해 말했다.

"뭐 하려던 중인가 봐?"

귀왕은 눈을 부라렸다. 몽예는 빙긋 웃었다.

"방해하면 안 되겠네. 그치?"

귀왕의 입가에 핏물이 배어 나왔다.

몽예는 어깨를 으쓱거렸다.

"그런데 어쩌지? 방해하고 싶은데."

몽예는 하얗게 웃었다. 그러다 갑자기 고개를 휙 바깥쪽으로 돌렸다.

사람이 기척이 느껴졌다. 한둘이 아니었다.

"왔구나?"

몽예의 웃음이 더욱 짙어졌다.

무신총인들이 도착한 것이었다.

第八章

보이지 않는다는 것은 사람들에게 두려움이라는 감정을 이끌어내는 힘이 있다.

하기에 어둠 속에서 살려면 스스로가 어둠과 닮아 있어야 할지도 몰랐다.

예를 들어 인성을 잃어버린 아귀라는 존재들처럼……

아귀중의 거주지인 아귀갱으로 이어지는 통로는 어둠이 너무나 짙었다. 사람들이 횃불을 이리저리 비추어 보지만, 고작 불빛이 미치는 범위는 반 장 정도나 될까 싶을 정도로 좁았다.

보무당당하게 나섰던 무신총인들은 아귀갱에 이르자 보

폭을 좁히며 머뭇거리기 시작했다.

불빛 너머를 볼 수는 없지만 그 속에 아귀가 깔려 있다는 것은 모두가 알고 있었다.

하지만 앞서 걷고 있는 총령대는 조금도 두렵지 않은지 걸음에 주저가 없었다.

물론 모두가 그런 건 아니었다. 총령대의 대열 속에 끼어 있는 제갈설향만은 주변에 선 사람들과는 달리 표정이 딱딱했다.

총령대 무인들은 제갈설향을 경계하고 밀쳐내려고 했다. 혹은 지금이라도 뒤로 빠지라며 은근히 협박을 해 왔다.

하기에 제갈설향은 확신을 내릴 수 있었다, 총령대와 노왕이 뭔가를 숨기고 있다는 것을.

노왕과 총령대가 죽음을 무릅쓰고 앞장을 선다?

그럴 리가 없었다. 노왕은 무신총에서 가장 오랫동안 왕으로 군림한 사람이다. 그가 권력을 유지할 수 있었던 건 의기가 넘쳐서가 아니라, 반대로 비겁하고 치졸해서였다.

고작 백여 일 동안 무신총에서 살았던 그녀라도 알 수 있는 부분이었다.

그렇다는 건 그녀뿐 아니라, 그 누구라고 해도 알 만한 사실이었다.

그럼에도 의심하지 못하는 건 머리가 굳어 버린 탓이다. 탈출할 수 있다는 달콤한 독에 취해 버린 것이다. 다른 누군가가 대신 죽어 준다는 말이 기쁠 뿐이다.

몽예의 말이 맞았다.

살려면 생각을 멈춰서는 안 된다.

살려면 총령대 속에서 같이 움직여야 한다.

"어이, 낭자. 이름이 뭐요?"

제갈설향은 고개를 돌렸다. 귀를 붕대로 감싼 청년, 진위건이 보였다.

진위건은 그녀에게 다가와 위에서 아래로 쓸어 보며 중얼거렸다.

"나쁘지 않아."

나쁘지 않은 정도가 아니라 꽤 좋다.

이만한 용모라면 첩실 자리에 앉혀도 괜찮겠다는 생각이 들었다.

하지만 반대로 제갈설향은 그가 마음에 들지 않았다. 용모는 잘생긴 편이지만 말투가 시건방지고 눈빛은 음충스러웠다.

제갈설향은 무시하며 고개를 돌렸다.

하지만 진위건은 다시 물었다.

"묻지 않소. 이름이 뭐요?"

제갈설향은 차가운 목소리로 말했다.

"알 것 없어."

"뭐? 푸하하하핫."

진위건은 고개를 젖혀 크게 웃었다. 튕기는 것이 더욱 마음에 들었다.

"난 진위건이라고 하오."

제갈설향은 대꾸하지 않고 그저 발길을 서둘렀다.

진위건이 미간을 좁혔다.

"낭자, 정도껏 하지?"

이번에도 대답이 없었다.

진위건은 손을 뻗어 그녀의 어깨를 잡으려 했다. 그러자 제갈설향은 어깨를 살짝 내려 그의 손을 피하려 했다. 하지만 진위건의 손은 기묘한 변화를 이루더니 결국 그녀의 어깨 위에 내려앉았다.

진위건이 웃는 낯으로 말했다.

"얘기 좀 하자니까."

제갈설향은 그에게로 고개를 돌리며 날카롭게 눈을 빛냈다.

"이거 놔. 이 시건방진 새끼야."

"뭐?"

"이 누나가 오늘 기분이 안 좋아서 네 재롱을 받아 줄 아량이 없다. 그러니까 좋게 말할 때 가라. 볼기 맞기 전에."

"예쁜 꽃일수록 가지가 억세다더니."

진위건은 한쪽 입꼬리를 슬쩍 들어 올렸다.

"그래도 못 꺾을 정도는 아니지."

그녀의 어깨를 잡은 손에 힘이 들어갔다. 제갈설향은 눈살을 찌푸리며 검을 살짝 뽑아 들었다.

그때 승무정 무인 하나가 다가왔다.

"저기, 소정주님. 곧 도착할 모양입니다."

제갈설향을 노려보고 있던 진위건은 살짝 고개를 돌려 수하를 쳐다보았다. 그의 손이 제갈설향의 어깨에서 내려와 수하의 얼굴 쪽을 향했다.

퍽!

수하의 입에서 핏물과 함께 이빨 두어 개가 튀어나왔다. 하지만 얻어맞은 수하는 당연하다는 듯이 자세를 유지하고 고개를 푹 숙였다.

진위건은 제갈설향을 잠시 바라보다가 몸을 돌려 승무정 무인들이 모여 있는 곳으로 걸음을 옮겼다.

그가 사라지고 나자 제갈설향은 크게 한숨을 쉬며 어깨를 주물렀다.

"아파."

그리고, 무섭다.


무신총인 모두가 걸음을 멈췄다.

횃불을 내리니 거대한 구덩이가 모습을 드러냈다.

아귀갱.

침을 삼키는 소리가 여기저기서 울렸다.

나설 때는 용기백배하여 성큼성큼 걸었는데 막상 아귀갱에 이르고 나니 두려움에 몸이 부들부들 떨렸다.

노왕이 외쳤다.

"약속한 대로 나와 총령대가 먼저 내려가겠소!"

모든 사람이 반색했다. 듣던 중 반가운 소리였다.

노왕은 자신의 한 말을 지키려는 듯 앞장을 서서 아귀갱으로 내려갔고, 이어 총령대와 숭무정 무인들이 뒤따랐다.

다른 무신총인들은 아귀갱 밖에서 대기한 채, 총령대를 가만히 내려다보고만 있었다.

내려간 사람들의 횃불이 이리저리 돌아다녔지만, 어둠이 너무도 짙어 아귀갱의 모습이 제대로 드러나지 않았다.

하지만 소리는 들을 수가 있다.

아귀갱 속에서는 곧 기합성과 비명이 울리리라.

그때가 결정의 시기였다.

내려가서 싸우든가, 아니면……

사람들의 생각은 모두가 같은지, 한결같이 무거운 얼굴로 입을 굳게 다물고 있었다.

불안한 고요가 그들의 어깨 위로 내려앉았다.


총령대와 함께 아귀갱으로 내려선 제갈설향은 심상치 않은 분위기를 느꼈다.

총령대 무인들의 모습에서는 어디에도 불안함이 느껴지지 않았다. 특히 숭무정의 무인들은 당연하다는 듯이, 아니 익숙하다는 듯이 퍼져 흩어졌다. 그리고 잠시 후 저마다 외쳤다.

"아무도 없소!"

"아귀가 한 마리도 보이지 않습니다!"

"텅텅 비었습니다!"

실제로 아귀갱은 텅텅 비어 있었다. 하지만 살펴서 알아낸 것이 아니라, 미리 알고 있었다는 듯한 눈치였다.

예정되어 있던 수순에 따른다는 듯한 행동이었다.

'역시!'

몽예의 말이 옳았다.

총령대 무사들과 숭무정의 무인들을 반원을 그리며 넓게 서기 시작했다. 탈출구를 찾기 보다는 들어온 사람이 빠져나가지 못하도록 하기 위한 포진 같았다.

이유가 무엇 때문인지는 알 수 없지만 하나는 확실했다.

들어오면 나가지 못한다.

'알려야 해!'

제갈설향은 빠르게 몸을 돌렸다. 그리고 내려온 길로 올라가려고 하는데 그녀의 앞을 세 명의 무인이 가로막았다.

"으음."

제갈설향은 침음성을 흘렸다. 하나같이 만만치 않은 기

세를 품고 있었다.

세 명의 무인은 천천히 검을 뽑아내며 제갈설향을 향해 걸어왔다. 더 이상 숨길 생각도 없는지, 그들에게선 은은하게 살기가 흘러나왔다.

제갈설향은 침을 꿀꺽 삼키며 검병에 손을 올렸다.

그때, 진위건이 나타나 무사들의 앞을 가로막았다.

"내가 맡겠다."

무사들은 머뭇거리다가 포권을 취하더니 뒤로 물러섰다.

그러자 진위건이 능글맞은 미소를 흘리며 제갈설향에게 다가왔다.

"우리 처음부터 다시 시작해 보지. 낭자, 이름이 뭐요?"

제갈설향은 입을 굳게 다물었다.

진위건은 픽 웃음을 뱉으며 말했다.

"내가 지어 줘? 진 부인, 어때?"

제갈설향은 차갑게 비웃었다.

"나도 지어 주지. 개자식, 어때?"

진위건은 고개를 절레절레 저었다.

"정말 마음에 들어. 하하핫."

휘이이이잉.

진위건의 의복이 펄럭거리기 시작했다. 제갈설향은 슬금슬금 뒤로 물러섰다. 그대로 서 있다면 짓눌릴 것만 같았다.

'무형지기(無形至氣)!'

　무형의 기파를 날려 상대를 압박하는 수법으로, 절정에 이른 고수만이 사용할 수 있었다.

　그물망으로 천하무림을 긁어 올려도, 절정고수의 수는 마흔을 넘지 않는다.

　그런데 서른도 되지 않아 보이는 진위건이 절정지경에 올랐다니!

　천하제일기재라는 남궁가의 옥기린(玉麒麟)도 이 정도는 아닐 것이다.

　진위건이 뿜어내는 기파에 압도된 제갈설향은 저도 모르게 계속 뒤로 물러났다. 그녀의 코끝에 땀방울이 송골송골 솟아올랐다.

　"귀여워, 제갈설향. 역시 소문대로야. 검화(劍花) 제갈설향은 해어구화(解語九花) 중에서도 세 손가락 안에 든다고 하더니."

　제갈설향은 미간을 좁혔다.

　"뭐야? 알고 있었어?"

　진위건은 씩 웃으며 고개를 끄덕였다.

　"검화 제갈설향을 이런 곳에서 만나게 될 줄은 몰랐지."

　"나도 너 같은 개자식을 이런 곳에서 만나게 될 줄은 몰랐어."

　"하하하하핫. 검화는 미모와 무공뿐만 아니라 독설로도 구화 중 세 손가락 안에 든다고 하더니. 소문이 틀리지 않

있어."

"모르는 것투성이네. 세 손가락 안이 아니라 첫 번째야. 하압!"

제갈설향이 빛살이 되어 진위건에게 튀어 나갔다. 제갈세가가 자랑하는 보법, 천기미리보(天機迷離步)와 소천성검법(小天星劍法)의 절초, 유성적미(遊星績尾)의 연계식이었다.

제갈설향이 가장 자신하는 필살의 일격이며 구명의 절초로써, 그녀보다 한 단계 윗줄의 고수라고 하여도 쉽게 상대할 수 없는 묘용을 가지고 있었다.

하지만 진위건은 가소롭다는 듯이 웃으며 쌍수를 휘돌렸다.

휘이이잉.

그의 손을 따라 푸른빛이 일렁거리며 제갈설향의 현란한 검격을 가두었다.

"으으으윽!"

제갈설향은 신음을 흘리며 비틀거렸고, 그녀의 위로 진위건의 손이 밀려들었다.

퍼퍽!

피와 살이 튀어 오르지는 않았다. 하지만 제갈설향은 쓰러져 부들부들 몸을 떨었다.

점혈을 당한 것은 아니지만, 진위건이 구사한 곤음형옥장력의 음한지기가 그녀의 근육과 내공을 풀어 버린 것이었다.

"으으윽."

그래도 눈동자만은 움직일 수 있기에 제갈설향은 독기를 가득 담아 진위건을 쏘아보았다.

진위건은 그녀를 내려다보며 히쭉거리며 웃었다.

"우리 무신총이 세상에 우뚝 서는 날, 해어구화를 모두 모아 첩으로 삼으려 했지. 우선 검화라는 꽃부터 따겠구나."

제갈설향은 발버둥을 쳤다. 하지만 아무리 애를 써도 몸이 움직여지지 않았다.

진위건에게 숭무정 무사 하나가 빠르게 다가왔다.

"무신총인들이 내려오고 있습니다."

진위건은 표정을 차갑게 바꾸고 말했다.

"준비는?"

"모두 마쳤습니다."

"그래. 숙부님께서는?"

"아직. 대법을 준비 중이신가 봅니다. 들어가 볼까요?"

"아니. 잘못하다간 망칠 수 있다. 너는 이 낭자분이나 보필하고 있어라. 네 주모가 될 분이니."

"네? 아, 네."

무사는 떨떠름하게 포권을 취한 후, 제갈설향 쪽으로 걸어왔다.

진위건은 고개를 들어 올렸다. 위에서부터 내려오고 있

는 횃불들을 바라보았다.

마치 붉은 뱀과 같았다. 죽는지도 모르고 무덤으로 기어
들어오는 어리석은 짐승들이여.

그의 입에서 절로 웃음이 흘러나왔다.

"푸하하하하핫!"

*　　　　*　　　　*


귀왕은 미칠 것만 같았다. 바깥의 시끌벅적한 소음 중에
는 진위건이 제물을 이끌고 도착했음을 알리는 신호도 섞
여 있었다.

이제 귀령주로 제압한 아귀중을 풀어놓을 때였다. 하지
만 몽예 때문에 내력이 뒤틀려 귀령주의 주입을 완성하지
못했다.

몽예를 경계하며 노력하고는 있지만 최소한 일각 이상의
시간이 필요할 듯했다.

몽예도 그걸 느꼈는지 빙긋 웃었다.

"심심하지? 내가 재미난 걸 보여 줄까?"

몽예는 품을 뒤적거리더니 짧은 막대기 세 개를 꺼냈다.

귀왕의 눈동자가 부들부들 떨렸다.

탈출구를 열기 위해 마련한 화약, 진천뢰(震天雷)가 분명
했다. 저것을 터트리면 아귀 중 반수 이상은 죽게 될 것이

분명했다.

몽예는 진천뢰를 던졌다 받는 장난을 치며 소리 없이 웃었다.

"재밌지? 어때?"

귀왕은 이를 빠드득 갈았다.

몽예는 그의 앞으로 다가가 보라는 듯이 진천뢰 하나를 내려놓았다. 그리고 뒤돌아 걸어가며 아귀중 사이에 진천뢰를 하나씩 툭툭 던졌다.

진천뢰는 위력이 놀라울 뿐만 아니라, 충격에 민감한 화탄이기에 저렇게 함부로 다뤄서는 안 되었다.

진천뢰가 떨어질 때마다 귀왕은 심장을 얻어맞는 기분이었다.

동굴 입구 근처에 이른 몽예는 다시 품을 뒤져 자그마한 단봉 하나를 꺼냈다. 단봉 끝에는 줄처럼 보이는 것이 달려 있었다.

십리폭화곤(十里暴火棍).

심지인 도화선에 불을 붙여 폭파를 시키는 화탄이었다.

몽예는 보라는 듯이 동굴의 입구 앞쪽에 십리폭화곤을 쑤셔 박았다. 그리고 폭화곤에 연결된 도화선을 들고 춤을 추는 듯한 가벼운 걸음으로 천천히 빠져나갔다.

"아, 안 돼! 울컥!"

귀왕의 입이 벌어지며 핏물이 시냇물처럼 흘러나왔다. 그러자 잠들어 있던 아귀들이 하나둘 눈을 뜨기 시작했다.

대법이 깨어졌다!

귀왕은 암담함과 분노를 느끼며 외쳤다.

"이노오오옴!"

*　　　*　　　*

아귀갱으로 내려온 무신총인들은 뭔가 기묘한 분위기를 느꼈다. 총령대와 숭무정의 무인들이 자신들을 둥글게 에워싼 상태였다.

들어온 쪽을 돌아보니 어느새 숭무정의 무인들이 가로막고 서 있었다.

결왕이 앞으로 나서서 외쳤다.

"이게 무슨 짓인가!"

총령대 무인들 사이에 섞여 서 있던 노왕이 앞으로 나오며 말했다.

"오시느라 수고하셨습니다. 이제 갑시다."

철왕이 나섰다.

"탈출구는 어디요!"

노왕은 웃으며 그들이 서 있는 자리를 가리켰다.

"여깁니다."

"여기?"

결왕과 철왕은 땅바닥을 내려다보았다. 무신총인들도 덩달아 자신들이 딛고 서 있는 바닥을 이리저리 살폈다.

하지만 어디에도 탈출구로 짐작되는 구멍이나 문 같은 건 없었다.

결왕이 외쳤다.

"놀리는 거요!"

노왕은 고개를 저었다.

"아니외다. 말 그대로이외다. 무신총을 나가는 방법이 꼭 탈출하는 것뿐이겠습니까? 죽음 또한 또 다른 방법이지요."

철왕은 픽하고 웃었다.

"꼬맹이의 말이 맞았군."

그러며 한 걸음 앞으로 나섰다.

"아귀 없는 아귀갱에서 아귀다툼을 벌여 볼까?"

뼈를 에는 살기가 그의 전신에서 뿜어져 나왔다. 무신총 제일의 고수라는 평에 걸맞은 위세였다.

하지만 노왕은 빙긋 웃을 뿐이었다.

"괜찮으시겠소?"

"뭐?"

철왕은 갑자기 비틀거렸다. 그와 동시에 결왕 역시도 중심을 잡지 못하고 무릎을 꿇었다.

"뭐, 뭐지? 독?"

결왕과 철왕은 내부를 점검해 보았다. 아무래도 중독된 것 같지는 않았다. 다만, 몸이 힘없이 늘어질 뿐이었다.

주위를 돌아보니, 무신총인들 모두가 그랬다.

진위건이 나타나 설명하듯 말했다.

"독이 아니라 약이지요. 취몽도선향(醉夢導仙鄕), 혹시 아시오? 몸에 좋은 거라오."

"취몽도선향."

철왕과 결왕은 침음성을 흘렸다.

말마따나 취몽도선향이란 독이 아니라 양기를 보해 준다는 약이었다. 다만 섭취한 후 두 시진 정도는 힘이 빠져 움직이기 힘들다는 단점이 있었다.

음식에 섞었던 것이 분명했다. 경계했지만 독이 아닌 약이기에 느끼지 못했던 것이다.

하지만 왜 이제 와서야 발동한 것일까?

결왕과 의왕은 들고 있는 횃불을 돌아보았다.

무신총인들이 들고 있는 횃불은 모두가 총령대에서 나누어 준 것들이었다.

"설마?"

이제 보니 빛깔이 조금 이상하다 싶었다.

철왕이 외쳤다.

"횃불을 버려라!"

하지만 제대로 운신하는 자가 없었다. 보다 못한 철왕

과 결왕, 그리고 고수급 인사들이 이리저리 움직여 횃불을 멀리 던져 버렸다.

하지만 총령대와 승무정의 무인들은 우스워하며 다시 집어 들고 그들을 향해 돌려 주었다.

"으드드드드득! 이노오오옴!"

철왕이 외치며 진위건을 향해 몸을 날렸다.

진위건은 가소롭다는 듯이 비웃으며 두 손을 휘돌려 곤음형옥장력을 뿜었다.

콰콰콰콰콰쾅!

굉음과 함께 진위건이 뒤로 튕겨 나갔다. 그는 놀라 두 눈이 커져 있었다.

"십단금(十段錦)?"

무당파가 자랑하는 두 가지 절대무학 중 하나이며, 유(柔)가 극에 이르면 패(覇)에 이를 수 있다는 것을 알려 준 면장의 극치인 십단금!

철왕은 그를 비웃으며 속삭였다.

"포납신장(布邏神掌)이다!"

철왕이 검선에게 쫓겼던 이유는 사문의 반도(叛徒)이기 때문이 아니었다. 무당의 양대비학 중 하나인 십단금의 심법과 전반부 초식을 들고 도망쳤기 때문이었다.

철왕이 불완전한 십단금에 무신총 안에서 얻은 수많은 무공들을 더해 하나의 무학을 창안하니 그것이 바로 포납

신장이었다.

완성한 이후 처음으로 선보이는 것이었는데 무신구결 중 하나인 곤음형옥장을 압도하다니!

철왕 스스로도 만족스럽고 기뻤다.

반면 진위건은 감정을 수습하고 분노했다.

"감히! 형옥장력의 진수를 보여 주마!"

휘이이이이이잉!

진위건의 두 손이 푸른빛을 발하며 타올랐다. 그러자 철왕은 두 손을 부드럽게 휘돌리며 진위건이 뿜어내는 기운을 흩어 버렸다.

위력은 분명 진위건의 형옥장력이 위였지만 초식의 정묘함은 철왕이 훨씬 나았다.

만약 취몽도선향에 당하지만 않았다면 승부의 축은 철왕 쪽으로 기울었을 것이다.

하지만 수십 합을 나누자 철왕은 비틀거리기 시작했고 동작은 굼떠졌다.

결국 진위건의 형옥장력이 철왕의 두 손바닥 사이를 비집고 스며들어 가슴을 두들겼다.

"커허억!"

철왕은 피를 토하며 뒤로 날아가 바닥을 굴렀다. 버둥거리며 일어선 그는 주변을 둘러보았다.

이미 무신총인들은 대부분 쓰러져 있었고, 결왕은 상처

투성이의 몸으로 노왕의 앞에 주저앉아 있었다.

"으드드득!"

철왕은 분노했지만 별다른 방법이 없었다.

그를 향해 진위건이 느린 걸음으로 다가왔다.

"대단해. 숭무십이기보다 나은데?"

칭찬이라고 하는 모양이지만 철왕으로서는 자존심이 상할 뿐이었다.

철왕은 안간힘을 써서 일어나 진위건에게 달려들었다. 하지만 그의 무기력한 주먹이 진위건에게 닿을 리 없었다.

도리어 진위건의 손짓처럼 가벼운 장력에 얻어맞아 뒤로 날아갈 뿐이었다.

진위건은 가소롭다는 듯이 비웃어 준 후, 주변을 둘러보았다. 노왕이 결왕을 집어 들어 무신총인들 사이로 집어 던지는 광경이 보였다.

이제 다 된 거나 다름이 없었다.

귀왕이 아귀중을 이끌고 나와 무신총인들의 생혈을 먹이면 이십 년 숙원 사업 중 하나인 아귀병단이 드디어 완성되는 것이다.

진위건의 시선이 귀왕과 아귀중이 있는 동굴 쪽으로 향했다. 분명 들었을 터이니 준비를 마쳤다는 것을 알고 이제 곧 나올 것이었다.

아니나 다를까, 동굴로 이어진 입구 쪽에서 검은 그림자가 튀어나왔다.

아귀가 나오고 있는 걸까?

진위건은 갑자기 붕대로 감싼 귀 부분을 매만졌다.

검은 그림자를 보고 있으니 갑자기 따끔하게 아렸다.

그림자는 갑자기 멈추고 진위건 쪽을 향해 방향을 꺾었다.

"음?"

휘리리리리리릭!

바람이 찢어지는 소리와 함께 무언가가 날아들었다. 암기가 분명했다.

진위건은 놀라 두 손을 둥글게 휘저었고 궤적을 따라 푸른빛이 방패처럼 앞을 가렸다.

탕탕탕탕!

튕겨 나간 암기는 공중에서 다시 방향을 바꾸더니 휘돌아 진위건의 측면을 노리며 뻗어 왔다.

진위건은 급히 몸을 날려 몸을 휘돌렸다.

그리고 땅에 안착하자마자 그림자를 향해 외쳤다.

"쥐새끼 너로구나!"

암기가 팔비사접인 것을 보면 확실했다.

아니나 다를까, 승무정 무사들이 달려가 그림자를 감싸고 횃불을 들이밀자 자그마한 소년이 모습을 드러냈다.

진위건의 귀에 상처를 남겼던 소년, 몽예였다.

몽예는 포위당했는데도 두렵지 않은지 진위건을 보며 웃고 있었다.

"이노오오오옴!"

아귀갱이 흔들릴 정도로 거대한 외침이 들려왔다.

모든 사람들이 목소리가 들린 쪽으로 고개를 돌렸다.

귀왕이 지옥에서 튀어나온 마귀같이 흉악한 얼굴을 하고 날아오고 있었다.

진위건은 영문을 알 수 없어 외쳤다.

"숙부님? 왜 그러십니까!"

아직 도착하지 못한 귀왕이 손을 뻗으며 외쳤다.

"저 아이를 막아! 불을 붙이게 놔둬서는 안 된다!"

"네?"

진위건은 고개를 돌렸다. 마침 몽예가 실보다 조금 두꺼운 줄 하나를 들고 그 위에 손가락을 비비고 있었다.

치이익.

몽예의 손끝에 불꽃이 일어나며 줄로 옮겨 갔다.

날아오며 그 광경을 지켜본 귀왕이 외쳤다.

"아, 안 돼! 도화선을 잘라!"

하지만 도화선에 올라탄 불꽃은 빠르게 이동하기 시작했다.

귀왕은 방향을 꺾어 도화선을 타고 이동하는 불꽃을 쫓았다.

　진위건도 뭔가 심상치 않음을 깨닫고 그의 뒤를 쫓아 달리며 수하들을 향해 외쳤다.

“줄을 잘라!”

모두가 불꽃을 쫓아 달렸다. 몽예의 존재는 잊혀진 것만 같았다.

몽예는 웃으며 그들의 뒤를 따라 몸을 날렸다.

손을 분주히 움직여 잡히는 대로 암기를 집어 던졌다.

휘리리리리릭!

“으아아악!”

“뒤! 뒤를 조심…… 으악!”

진위건은 힐끗 고개를 돌렸다. 암기에 맞아 죽어 가는 수하들의 모습이 보였다.

“이노옴!”

진위건은 몸을 휙 돌려 몽예를 향해 달렸다. 불꽃은 귀왕에게 맡기고 몽예를 상대하려는 속셈이었다.

형옥장력이 몽예의 머리를 향해 뻗어 나갔다.

몽예는 급히 몸을 숙이고 장력을 피해 옆으로 돌았다. 그리고 자세를 정돈하더니 사향혈엽 두 개를 소매에서 꺼내 힘껏 던졌다.

쇄애애애애액!

진위건은 날아오는 암기를 막기 위해 두 손으로 원을 그려 푸른빛의 기막을 형성시켰다. 하지만 사향혈엽은 그의 정면이 아닌 옆을 스쳐 지나가 버렸다.

너무 급히 던지느라 손끝이 떨렸나 보다. 그렇게 생각한 진위건은 비웃어 주려 했다. 하지만 오히려 몽예가 비웃고 있는 것이 보였다.

문득 스친 생각에 진위건은 급히 몸을 틀었다.

자신을 스쳐간 두 개의 사향혈엽이 귀왕의 등을 향해 내려앉고 있는 것을 볼 수 있었다.

"숙부우우우우우!"

진위건의 외침이 아귀갱을 울렸다. 마침 심지를 자르려고 수도를 날리려던 귀왕은 급히 몸을 돌렸다.

스윽!

그의 손끝에서 일어난 강기가 사향혈엽 하나를 반으로 갈랐다. 하지만 다른 하나까지는 어쩔 수 없었는지 팔뚝 위에 꽂혔다.

"으윽!"

귀왕은 고통을 삼키며 그대로 몸을 돌렸다. 지금은 무엇보다 도화선을 자르는 것이 중요했다.

하지만 그 잠시 사이에 불꽃은 도화선을 타고 지나쳐 동굴 속으로 들어가고 있었다.

"안 돼애애!"

귀왕은 온 힘을 다해 달렸다. 그러나 그가 동굴 속으로 들어가기 전에 빛살이 터져 나왔다.

콰콰콰콰콰쾅!

귀왕은 피를 뿜으며 튕겨 나갔고 뒤이어 다시 연쇄적으로 폭음과 빛이 몰아쳤다.

콰콰콰콰콰쾅!

콰콰콰콰콰콰콰쾅!

귀왕은 비틀거리며 일어나 화르르 타오르는 불을 멍하니 바라보았다.

"나의, 나의 아귀병단이…… 내 이십 년 세월이!"

사람들은 모두 멍하니 환하게 타오르는 동굴을 바라보았다. 짙게 깔려 있던 아귀갱의 어둠은 불빛에 밀려 사라져버렸다.

아귀갱에는 지금 무신총에 있는 모든 사람이 모여 있었다. 하지만 아무도 없는 것처럼 침묵만이 가득했다.

"크크큭. 크크크크크큭. 크하하하하하하핫!"

사람들의 시선이 웃음소리를 향해 모였다.

지옥의 겁화처럼 불길한 불꽃을 등지고 있는 자그마한 소년, 몽예만이 이 모든 참상이 즐겁다는 듯이 배를 붙잡은 채 웃고 있었다.

그 기묘한 광경은 모두에게 또 다른 공포로 다가왔다.

第九章

몽예는 웃고 또 웃었다. 도무지 웃음을 참을 수가 없었다. 가슴을 꽉 틀어막고 있던 마개가 열린 기분이었다.

즐겁다.

신이 난다.

더 웃고 싶었다. 더 즐겁고 신이 났으면 했다.

진위건이 부들부들 떨며 다가오고 있었다. 그의 뒤로 귀왕 역시 악귀 같은 표정을 하고 걸어오고 있었다.

"네가 감히! 내 이십 년 역사를 망쳐? 너 따위가…… 너 따위가!"

분노를 참을 수 없는지 귀왕의 눈가에서는 눈물까지 흘

러내렸다.

몽예는 그 모습이 너무나 즐거워 마구 웃었다.

"크크크크크크큭. 크하하하하하하핫!"

당명진의 죽음을 목도했을 때 나도 저랬다.

그랬기에 어떤 심정일지를 짐작할 수 있었다.

얼마나 고통스러운지 얼마나 슬픈지 얼마나 화가 나는지, 알고 또 알았다.

그렇기에 즐거웠다.

저들은 죽고 싶을 것이다.

하지만 이 정도로 만족할 수는 없었다.

뭘 더 해야 저들이 더욱 슬퍼할 수 있을까?

몽예는 등짐을 풀어 그 안에서 뭔가를 끄집어냈다. 두 개의 진천뢰와 세 개의 십리폭화곤이었다.

그것을 보자 다가오던 진위건과 귀왕이 우뚝 걸음을 멈췄다.

몽예는 그들이 보라는 듯이 십리폭화곤의 도화선을 진천뢰에 둘둘 말아 하나로 만들어 버렸다. 그 정도라면 반경 십 장 안의 모든 건 먼지로 만들어 버릴 수 있었다.

진위건은 더 이상 다가가지 못하고 외쳤다.

"이놈, 무슨 짓을 하려는 거냐!"

몽예는 빙긋 웃으며 말했다.

"모르겠네. 뭘 할까? 좀 이리로 와서 알려 줄래?"

진위건은 이를 악 깨물었다. 그의 인생에 이처럼 무력감을 느낀 적은 없었다. 이렇게 화가 난 적도 없었다.

하지만 애써 크게 숨을 들이쉬고 내쉬며 흥분된 심정을 가라앉히려고 했다. 쉽지 않았다.

말을 돌려 보았다.

"황 단주는 어떻게 됐지?"

"황 단주? 아! 황전쾌라는 작자? 어떻게 되었을까?"

"설마 죽……? 아니야, 아니야."

"목이 달아났는데도 살 수 있는 사람이 있다면 아직 살아 있겠지."

진위건은 고개를 저었다. 그럴 리가 없었다. 황전쾌는 승무십이기 중 한 사람이다. 지금 당장 세상에 나간다고 해도 구파오가와 이부삼성의 수장급과 자웅을 결할 수 있는 고수였다.

그런데 저딴 꼬마아이의 손에 죽었다고?

그럴 수 없었다.

그래서는 안 되었다.

그사이 귀왕이 진위건의 옆에 섰다.

"죽인다."

진위건이 말렸다.

"숙부님, 저놈의 손에 지금……."

귀왕은 스윽 진위건을 돌아보며 말했다.

"그래서?"

진위건은 머뭇거렸다. 귀왕의 눈동자에서는 아무런 감정도 느껴지지 않았다. 마치 죽은 사람 같았다.

무신총이라는 지옥에서 오직 아귀병단의 완성을 위해 이십 년의 시간을 보낸 귀왕이다.

그 심정을 지금 그 누가 이해할 수 있을까.

귀왕은 진위건을 지나쳐 몽예에게로 다가갔다.

몽예는 하나로 엮은 화탄을 높이 들어 올리며 장난스럽게 말했다.

"더 이상 다가오면 던질 거야."

귀왕은 한마디를 툭 뱉었다.

"던져라."

"농담 같아? 진짜 던질 거야."

"던져! 던지란 말이다! 던지란 말이다아아아!"

귀왕의 외침은 쩌렁쩌렁 울렸다. 울분과 비통함이 뒤섞인 절망 그 자체였다.

몽예는 스르르 화탄을 든 손을 내렸다.

"던지면 다 죽을 텐데?"

스스스슥.

숭무정과 총령대의 무인들이 어느새 몽예를 둥글게 에워싸고 있었다.

몽예는 제자리에서 한 바퀴를 천천히 돌며 속삭였다.

"다, 죽자고? 같이 죽자고? 그거야?"

몽예의 시선이 자신을 에워싼 무인들을 훑고 지나갔다. 그리고 결국 제자리로 돌아와 귀왕에게서 멈췄다.

두 사람의 시선이 만감을 담고 교차했다.

분노와 분노가 마주친다.

슬픔과 슬픔이 마주친다.

울분과 울분, 비통과 비통이 광기라는 칼날을 이루며 상대를 향해 꽂힌다.

누가 더 슬픈지 누가 더 힘든지 누가 더 괴로운지…….

그것은 소리 없는 싸움이었다.

어느 순간, 몽예가 히쭉 웃었다.

"난 좋아. 그래, 다 같이 죽자."

순간 귀왕의 눈이 떨렸다.

그만은 알 수 있었다. 몽예가 진심이라는 것을.

사람은 아무리 끝에 몰리더라도 한 가닥 끈은 놓지 않는다.

살고자 하는 욕구.

그런데 몽예의 눈동자를 가득 채운 감정 중에는 그게 없었다.

아니, 생존욕은 있었다. 다만 자신이 죽더라도 모두를 죽이겠다는 복수심이 가득했다.

이 어린놈은 선을 넘었다.

미친 거다.

아귀보다 더 미쳤다.

귀왕은 한 걸음 물러섰다. 그는 자신이 졌다는 것을 깨달았다. 그는 살고자 하는 욕구까지는 버릴 수가 없었다.

"바라는 게 뭐냐?"

귀왕의 목소리는 한풀 꺾여 있었다.

몽예는 고개를 가로저었다.

"없어. 굳이 있다면 지금 이 자리, 이 광경이 내가 바라는 거야. 죽자, 우리."

"미, 미친놈."

그것이 칭찬으로 들리는지 몽예는 히쭉거렸다. 그리고 손에 든 화탄을 입 쪽에 가져다 대고 속삭였다.

"당 아저씨, 이제 갈게."

몽예는 화탄을 높이 들어 올렸다. 그리고 바닥을 향해 내던지려는 찰나, 어디선가 괴성이 울려 퍼졌다.

"캬아아아아아아악!"

"키키키키키키키킥."

"크르르르르르르르."

모든 사람의 시선이 소리가 터져 나온 쪽으로 돌아갔다.

아직도 붉게 타오르고 있는 동굴 쪽이었다. 넘실거리는 불꽃과 매캐한 연기 사이로, 수십 개의 인영이 걸어 나오고 있었다.

귀왕이 속삭였다.

“아……귀.”

*      *      *

불길과 자욱한 연기 사이에서 기어 나오는 아귀들의 모습은 마치 지옥도의 한 부분 같았다.

팔이 사라진 자도 있었고 다리가 없어 팔로 기어 나오는 자도 있었다. 복부가 뜯겨 흘러내린 내장을 질질 끌며 나오는 자도 있었다.

바닥에 쓰러져 있는 무신총인들뿐 아니라, 숭무정과 총령대의 무인들까지 공포를 참을 수 없어 몸을 떨었다.

그 기괴한 광경에 기뻐하는 사람은 진위건이 유일했다.

“수, 숙부! 아귀들이 살아 있습니다!”

튀어나온 아귀의 수는 백을 넘는 듯했다. 그 정도라면 계획에는 미치지 못하지만 아귀병단을 구비할 수는 있을 것만 같았다.

하지만 귀왕의 표정은 침중했다.

“큰일이군.”

진위건은 물었다.

“숙부님? 어째서?”

“이미 대법은 깨어졌다. 저것들은 이미 나의 통제를 받지 않아.”

“네? 그렇다면?”

귀왕은 어두운 얼굴로 속삭였다.

“그저 사람을 죽여 먹는 것만을 즐기는 괴물일 뿐이야.”

진위건은 입술을 깨물었다.

“젠장.”

아귀들은 괴성을 흘리며 천천히 사람들을 향해 접근하기 시작했다.

무신총인들이건 숭무정과 총령대 무인들이건 가리지 않았다. 그저 살아 움직이는 대상만을 본능적으로 쫓는 것 같았다.

숭무정 무사 하나가 외쳤다.

“어, 어떻게 해야 합니까!”

귀왕은 언성을 높여 대답했다.

“죽여!”

그 말에 위기감을 느꼈는지 아귀들이 화살이 되어 튀어나왔다.

“으아아아악!”

“이, 이놈이…… 아아악!”

여기저기서 비명 소리가 튀어나왔다.

아귀들은 사람을 가리지 않고 공격했다. 그들의 주인이었던 귀왕조차도 알아보지 못하고 달려들었다.

일렁이는 화광 속에 피와 살점이 튀어나와 수를 놓았다.

하지만 오직 몽예만은 멀뚱하게 서 있었다. 아귀들이 그만은 공격하지 않았다. 다가왔던 놈들도 잠시 몽예를 바라보더니 두려운 듯이 몸을 돌렸다.

어째서인지는 알 수 없었다. 손에 들고 있는 화탄이 그들의 뇌리에 각인된 탓일지도.

아니면 아귀들조차 그를 미친놈이라고 판단한 탓일지 몰랐다.

어찌 되었건 몽예는 벌어지고 있는 광란을 방관자로서 관람할 수 있었다.

죽음이 난무한다.

모두가 죽는다.

죽이고 죽고 울리고 운다.

지금 이 광경이야말로 몽예가 바랐던 복수의 완성이며 당명진에 대한 진혼곡이었다.

몽예는 마구 웃어댔다.

"크하하하하핫! 크하하하하핫!"

아무도 못 나간다. 모두 다 죽여 버릴 테다.

몽예는 들고 있는 화탄을 높이 들어 올렸다. 조금 전의 폭발로 인해 지축이 흔들렸음을 느꼈다. 한 번 더 화탄이 터진다면 아귀갱이 주저앉을 것이다.

그럼 모두가 죽는다.

나 역시도…….

'무슨 상관이야?'

이 모두를 죽일 수만 있다면 내가 죽어도 괜찮다.

그때, 몽예의 귓전에 목소리가 울렸다.

*—정말 괜찮으냐?*

몽예는 놀라 웃음을 거두어들였다.

'뭐지?'

전음 같은 건 아니었다. 자신의 생각처럼 머리 안에서 울렸다.

'심어(心語)?'

망치로 얻어맞은 기분이었다.

심어라니!

절대의 고수만이 가능하다는, 무공의 틀을 벗어난 초월적인 능력!

몽예는 고개를 마구 휘저었다.

아니다. 그럴 리 없다. 무신 진무도가 살아 돌아오지 않는 이상, 그런 신인(神人)이 세상에 있을 리 없었다.

'혹시 심마?'

마음이 일어낸 미혹.

그래, 그것이 분명했다.

목소리가 들렸다.

—천살(天殺). 하늘이 정하니, 삶을 죽이는 생명이 있다. 그게 너로다.

몽예는 사납게 외쳤다.
"무슨 소리야!"
다시 목소리가 들렸다.

—지멸(地滅). 땅이 정하니, 없애고 지우라고 만들어낸 생명이 있다. 그게 너로다.

몽예는 전신의 공력을 양손에 머금고 사방 무작위로 장력을 뿜어댔다.
쾅쾅쾅쾅!
하지만 애꿎은 아귀 한 마리만이 얻어맞고 날아갈 뿐, 목소리의 주인으로 짐작되는 사람은 어디에도 없었다.

—그게 네 운명이로다. 하늘과 땅이 정한 삶이니 그리 살게 될 것이야. 그게 좋으냐?

몽예는 더 이상 목소리을 찾으려 하지 않고 차분히 귀를 기울였다.

'천살과 지멸의 운명을 타고 났다고?'

운명이 뭔지는 모르겠지만 나쁘지 않았다. 지금 눈앞에서 벌어지고 있는 참혹한 광경이 이토록 즐거운 것을 보면.

―너는 죽어야 한다. 이곳에서 지금 네가 죽는다면 천하의 홍복이며 만인의 행운일 게야. 하지만 말이다. 억울하지 않느냐?

"뭐가 억울해?"

―아이야, 너는 한 번도 살아 본 적이 없지 않느냐?

몽예의 눈동자라 부르르 떨렸다.
"살아 본 적이 없다니? 그럼 지금의 난 뭐야?"

―사람이 산다는 것. 사람으로 살아간다는 것. 그것이 어떤 것인지 너는 배워 왔지 않느냐?

몽예는 낮게 속삭였다.
"당 아저씨……"

─다시 물으마. 진정 죽고 싶으냐? 네가 배우기만 했고 행한 적이 없는 사람의 삶이라는 것을, 한번 겪어 보고 싶지 않은 게냐?

광기로 희번덕거리던 몽예의 눈동자가 천천히 가라앉기 시작했다.
"배우기만 했지, 행한 적이 없는 사람의 삶……. 내가 그렇게 살 수 있을까요?"

─모르지. 생각만 백날 해 보는 것보다는 한 번 겪으면 알겠지. 어쩔래?

말투가 확 바뀌었다. 장난기가 가득했다.
몽예는 속삭임으로 답했다.
"겪어 볼래."

─그럼 이곳을 나가거라. 나가는 방법, 알잖아.

몽예는 고개를 휙 꺾었다. 얼핏 보아서는 드러나지 않는 탈출구의 위치 쪽이었다.
'그래, 나가자.'
당명진이 가르쳐 준 사람이라는 게 뭔지 알아보자.

"당신은 누구지?"

자신을 설득하던 목소리는 더 이상 들리지 않았다. 용건을 마쳤다는 듯이 사라졌다.

정말 심마였던 걸까?

알 수가 없었다. 어쩌면 염부의 대왕께서 죽은 당명진의 부탁을 받고 충고를 해 준 것인지도 몰랐다.

몽예는 입을 지그시 깨물고 손에 쥔 화탄을 다시 등짐 속에 넣었다.

광기에 물들어 붉은 핏발이 가득하던 눈동자는 어느새 맑고 또렷해져 있었다.

정신이 맑게 깨인 탓에 넓어진 시야 속에 구석에 몰려 있는 한 여인이 들어왔다.

"앙칼진 예쁜이?"

*　　　*　　　*

'지옥.'

제갈설향은 눈앞에서 벌어지고 있는 참상을 그렇게 설명할 수밖에 없었다.

꿈을 꾸고 있는 것만 같았다. 그것도 아주 지독한 악몽이었다.

하지만 현실이라는 것을 알기에 가혹하기만 했다.

292

그녀에게도 아귀들이 달려들고 있었다. 몸을 움직일 수 없는 그녀를 숭무정 무인 셋이 지켜 주고 있기에 살아 있을 수가 있었다.

하지만 얼마 버티지 못할 듯싶었다.

"으윽!"

숭무정 무인 하나가 비틀거리며 주저앉았다. 그의 왼 팔뚝이 움푹 패여 뼈를 드러내고 있었다. 앞쪽에 아귀 한 마리가 입을 질겅거리고 있었다.

제갈설향은 눈을 질끈 감았다.

믿고 싶지 않았다.

사람이 사람을 뜯어 먹다니.

지옥이다.

괴물이다!

"으아아아아악!"

팔뚝이 베어 먹혔던 무인이 쓰러지고 그 위에 아귀 두 마리가 달려들었다.

핏물과 살점이 튀어 올랐다.

동료가 죽자 남은 두 명의 숭무정 무인들은 당황한 얼굴로 서로 돌아보았다.

세 명이 함께했을 때에도 막기에 급급했는데 하나가 죽어 버렸으니 별 방도가 없었다.

그들은 눈빛을 교환한 후, 결심을 했는지 몸을 빼내서

동료가 모여 있는 곳을 향해 달렸다.

남겨진 제갈설향은 눈이 휘둥그레졌다. 하지만 그들의 심정도 이해할 수 있었다.

그들 역시도 살고 싶은 마음일 테니까.

스스스스.

세 마리의 아귀가 뒤뚱거리며 다가왔다. 벌어진 입가를 타고 피 섞인 침을 뚝뚝 흘리고 있었다.

제갈설향의 눈매가 부들부들 떨렸다.

죽는구나.

이렇게 산 채로 먹혀 죽게 되는 구나.

자결이라도 하고 싶지만 힘이 들어가지 않아 혀를 깨물 수도 없었다.

'누가 좀……'

이 지옥 속에서 나를 빼내 줬으면.

휘리리리리리릭!

바람이 일며 그녀의 앞에 사람 하나가 내려섰다.

제갈설향의 시야에 아귀들의 모습이 사라지고 여자보다 작은 등이 대신 들어왔다.

하지만 그녀의 눈에는 그 누구의 등보다 크고 넓어 보였다.

'몽예?'

까칠한 꼬마아이, 몽예가 분명했다.

다가오던 아귀들이 걸음을 멈추더니 몽예를 향해 으르
렁거렸다.

"크르르르르르릉."

"크큭 크크크크큭."

몽예가 매섭게 눈을 빛냈다. 이성에 밀려 숨죽였던 광기
가 다시 솟구쳐 올랐다. 그러자 아귀들은 두려운지 낮게
신음을 흘리며 물러섰다. 그들의 뇌리에 몽예가 무서운 사
람이라는 것이 각인된 모양이었다.

그제야 몽예는 눈빛을 떨쳐내고 제갈설향을 향해 몸을
돌렸다.

"괜찮아?"

제갈설향은 고마움을 표시하려고 애써 입을 오물거렸
다.

"모, 몽예. 고마……."

몽예는 딱 잘라 말했다.

"됐어. 못 움직여?"

제갈설향은 입을 오물거렸다.

"응."

조금 회복되기는 했지만 아직 입술과 혀를 움직일 수 있
는 수준이었다.

몽예는 가만히 그녀를 바라보았다.

멍청하지만 착한 여자.

그리고 어쩐지 죽은 어머니를 연상하게 하는 사람.

그것이 몽예가 제갈설향이라는 여인에게 가진 감정의 전부였다.

괜한 위험을 무릅쓸 필요는 없었다.

하지만 당명진이 했던 말이 마음에 걸렸다.

행(幸)을 행(行)하라.

무신총인 모두를 살릴 수는 없다. 그럴 생각도 없다. 하지만 좋은 사람, 이 여자 한 명만은 살릴 수 있지 않을까?

몽예는 손을 뻗어, 제갈설향의 의복을 잡고 찢었다. 그러자 눈처럼 하얗고 뽀얀 속살이 드러났다.

놀란 제갈설향의 눈이 휘둥그레졌다.

“무, 무슨 짓…….”

“닥쳐.”

몽예는 손에 들린 천을 얇고 길게 찢어 끈을 만들었다. 그리고 제갈설향을 들어 등에 업은 후, 의복으로 만든 끈으로 그녀를 자신의 몸에 꽁꽁 묶었다.

“자. 간다.”

“어, 어딜?”

몽예는 탈출구가 있는 방향을 노려보며 속삭였다.

“사람이 사람답게 산다는 곳.”

第十章

　무신총인들도 무력하지만은 않았다. 그들은 무신총이라는 척박한 곳에서 짧게는 몇 년, 길게는 이십 년을 살아온 이들이었다.

　수많은 위기를 겪어 왔고 그때마다 넘겨 왔다.

　그들은 결코 좌절하고만 있지는 않았다.

　무신총인 중 그나마 운신할 수 있는 이들은 약력에 취해 쓰러진 사람들을 방패로 삼아 둥글게 모였다.

　아귀들의 공격이 힘겨울 때면 방패삼은 자들을 먹으라며 던져 주기도 했다.

　양심의 가책을 느끼는 사람은 없었다.

살아남기 위해서라면 무엇이든 한다.

그것은 무신총인들 모두의 표어이며 모든 행위를 정당화해 주는 변명이었다.

그러한 상황이 계속되자 아귀들은 어느샌가 공격하지 않고 던져 주는 먹이만을 받아먹었다.

때문에 무신총인들은 아귀들의 공격을 두려워하지 않아도 되었다. 오히려 아귀들의 광태는 무신총인들에게는 도움이 되고 있었다.

덕분에 숭무정과 총령대의 무인들을 두려워하지 않아도 되었기 때문이다.

무신총인들이 약에 취한 이들을 먹이로 던져 주는 반면, 숭무정과 총령대무인들은 아귀들의 공격에 온 힘을 다해 맞서 싸워야 했다.

휘이이이잉.

푸른 빛살이 둥근 형체를 이루더니 아귀 한 마리를 향해 뻗어 나간다.

"크아아아아악!"

아귀는 심장에 커다란 구멍이 뚫린 채 주저앉았고, 그 뒤로 진위건이 모습을 드러냈다.

"헉, 헉, 헉, 헉."

진위건은 어깨를 들썩였다. 그가 익힌 곤음형옥장은 천하를 통틀어 세 손가락 안에 들 장법이지만 공력의 소모가 너무나 심했다. 이처럼 난전을 위해 사용할 수 있는 무공이 아니었다.

그럼에도 진위건은 연거푸 형옥장력을 구사할 수밖에 없었다. 그가 아는 무공은 오직 곤음형옥장뿐이기 때문이다.

그랬기에 스물여덟이라는 적은 나이에 곤음형옥장을 육 성까지 이룰 수 있었고, 그 덕분에 경쟁자들을 물리치고 소정주라는 위치에 오를 수 있었다.

휘리리릭!

숨을 다독이는 진위건의 등 뒤로 매서운 바람이 쏟아졌다. 그는 놀라 급히 몸을 돌렸지만, 이미 아귀의 손끝이 목에 닿아 있었다.

진위건은 급히 몸을 옆으로 돌렸다. 하지만 이미 늦었다는 것을 깨달았다.

퍽!

아귀가 무언가에 얻어맞아 꺾인 나뭇가지처럼 몸을 반으로 접은 채 날아갔다.

"방심하지 마라!"

귀왕의 음성이었다. 진위건은 안도의 한숨조차 나누어 뱉은 후, 주위를 경계하며 뒷걸음질로 귀왕에게 다가갔다.

"어찌해야 합니까?"

귀왕은 물음에 답하지 못하고 무겁게 침음성만 흘렸다.

그사이에도 아귀 한 마리가 달려들었다. 하지만 귀왕이 날린 몇 번의 주먹질을 견디지 못하고 뒤로 날아갔다.

"크륵. 크륵."

날아가 떨어진 아귀는 몇 번 뒤뚱거리더니 다시 몸을 일으켰다.

귀왕은 눈을 좁혔다. 상당한 공력을 실었기에 어지간해서는 움직일 수 없을 터였다. 아귀는 광기에 이끌려 고통을 잘 느끼지 못하지만, 꼭 그 이유 때문만은 아닌 것 같았다.

"심장이……."

귀등마조의 비급에는 심장을 섭취한 아귀는 이전보다 강해질 것이라고 명시되어 있었다. 하지만 그 수준과 정도까지는 알 수 없었다. 귀등마조는 귀령주를 창안만 했지, 시행한 적이 없었기 때문이다.

아마도 그 때문인 것 같았다. 귀왕은 날카로운 시선으로 공격을 받고 있는 수하들을 살폈다. 분명 아귀들의 공격이 점점 강해지고 있었다.

최악이다.

귀왕은 진위건 쪽을 돌아보며 말했다.

"이대로는 우리 목숨도 자신할 수가 없겠구나. 수하들은 포기한다. 탈출해야겠다."

"네?"

"지금 당장!"

진위건은 망설이다 입술을 질끈 깨물고 고개를 끄덕였다. 하지만 뭔가 미련이 남는지 머뭇거리며 말했다.

"잠시만, 누굴 좀 찾아 데려가겠습니다."

"누구냐? 황전쾌? 그는 그 소악귀가 죽었다고 하지 않았느냐!"

"아니. 여자 한 명을……."

"여자? 지금 여자를 찾을 때냐!"

"하지만……."

"닥쳐라!"

진위건은 제갈설향이 있는 쪽을 돌아보았다. 그 순간 그의 눈이 찢어질 듯이 벌어졌다.

"저, 저기!"

귀왕은 뭔가 싶어 진위건이 바라보는 방향으로 고개를 돌렸다. 그의 눈 역시 커다래졌다.

몽예가 제갈설향을 업고 달려가는 모습을 보았기 때문이었다.

그들이 놀란 건 제갈설향 때문도 아니었고 몽예 때문도 아니었다.

그들이 달려가고 있는 방향 끝에 탈출로가 위치해 있다는 것 알기 때문이었다.

"아, 안 돼!"

귀왕은 외치며 달렸다.

거의 동시에 진위건 역시 몸을 날렸다.

하지만 그들의 앞을 십여 마리의 아귀가 어느새 막아서고 있었다.

"비켜라!"

"이놈들, 비키지 못할까!"

귀왕과 진위건은 남은 힘을 두 손에 모아 앞을 가린 아귀들을 향해 휘둘렀다.

하지만 마음과는 달리, 아귀들은 만만치가 않았다.

＊　　＊　　＊

쉬이이이이익.

탈출로를 달리는 몽예를 가로막는 건 아무것도 없었다.

예정되어 있는 결과라도 되는 양, 아귀 한 마리조차 보이지 않았다.

얼마 지나지 않아 통로는 끝나고 꽉 막힌 벽이 앞에 드리웠다.

몽예는 경공을 멈추고 걸어서 그 앞에 다가갔다.

수십 개의 구멍이 뚫려 있는 넓고 거대한 벽면.

구멍마다 얇은 줄이 꼬리처럼 내려와 있고, 모든 줄은 하나로 뭉쳐져 바닥에 깔려 있었다.

탈출구였다.

심장이 두근거렸다.

이 벽 너머에 사람이 산다는 세상이 있다.

'정말일까?'

기대와 함께 괜한 두려움이 몽예의 가슴속에 스며들었다.

의심스러웠다.

태양이라는 것이 정말 있을까?

하늘이라는 것이 정말 푸를까?

땅이라는 것이 정말 그토록 넓을까?

그런 이야기를 들을 때마다 모두 거짓말이라고 생각했다. 아니, 거짓임이 분명했다.

하지만 사실이라면?

사람을 죽이지 않아도 살 수 있는 세상이 정말 있다면?

몽예의 가슴속에 어둠이 속삭였다.

'그럼 무슨 재미로 살지?'

몽예는 눈을 껌뻑거렸다.

재미?

설마 난 사람을 죽이는 게 재밌었나?

아니다. 그럴 리가 없었다.

단지 살기 위해 남을 죽였던 것뿐이다.

하지만 심장과 머리가 속삭였다.

'정말 그럴까?' 라고.

“내려…… 줘. 이제 걸을 수 있을 것 같아.”

등 뒤에서 들려온 제갈설향의 목소리로 몽예는 상념에서 빠져나올 수 있었다.

몽예가 그녀와 자신을 묶은 끈을 풀어 버리자 제갈설향이 털썩 바닥에 떨어졌다.

“으음.”

제갈설향은 눈살을 찌푸리며 비틀비틀 일어섰다. 그리고 몽예를 따라 벽을 바라보며 말했다.

“여기는 어디?”

“탈출구.”

제갈설향의 눈이 휘둥그레졌다.

“그럼 여기가? 그런데 막혔잖아.”

몽예는 더 이상 설명해 주기 귀찮았는지 바닥에 놓여 있는 도화선 뭉치를 집어 들었다. 이제 내력을 일으켜 불만 붙이면 되었다.

하지만 몽예는 머뭇거렸다. 나가서 뭘 할지, 정말 나가도 될지 모르겠다는 생각이 들었다.

당명진은 항상 핀잔조로 말했다.

‘너는 혈란을 이끌 대마두가 될 것이다’라고 말이다.

‘그런 내가 정말 나가도 되는 걸까?’

그때 제갈설향의 목소리가 들렸다.

“나가면 누나 집에 가는 거야.”

“뭐?”

제갈설향은 고운 아미를 찡그렸다.

“약속했잖아. 이 누나 집에서 살기로.”

몽예의 표정이 슬며시 풀리며 픽하니 웃음이 흘러나왔다. 제갈설향을 보니 고민했던 게 다 우습게 여겨졌다.

몽예는 고개를 끄덕였다.

“그래. 역시, 살자.”

결심이 서자 자연스럽게 내력이 일어나 도화선 다발을 잡고 있는 손끝으로 밀려들었다.

잠시 후 도화선 위로 붉은빛이 어리더니 불꽃이 되어 타올랐다. 도화선의 숫자가 너무나 많은 탓에 불꽃이라기보다는 폭죽이라고 해야 할 정도였다. 거대한 불꽃은 불똥을 이리저리 뿜으며 벽면을 향해 멀어져 갔다.

몽예는 제갈설향을 두 손으로 들더니 급히 뒤로 달려갔다. 그곳에는 사람 키만 한 높이의 구덩이가 있었다.

벽면에 매설된 화탄이 폭발할 때 튀어나올 파편에 휩쓸리지 않기 위해 숭무정 무인들이 미리 만들어 놓은 곳이었다.

몽예는 제갈설향을 먼저 그 안쪽에 내려놓은 후, 자신 역시 내려섰다.

제갈설향은 구덩이 위로 고개를 삐쭉 내밀었다.

도화선 위의 불꽃은 그사이 수십 개로 나누어져, 벽면에 뚫려 있는 수십 개의 구멍을 향해 나아가고 있었다.

제갈설향은 멍하니 그 광경을 보며 속삭였다.

"예쁘네."

"예뻐?"

몽예는 예쁘다는 것이 무엇인지 몰랐다. 때문에 어떨 때 예쁘다고 해야 하는지도 알 수 없었다.

하지만 하나는 알 수 있을 것 같았다. 이처럼 심장을 떨리게 하는 광경이 바로 예쁘다라는 것임을.

몽예는 눈동자를 돌려 제갈설향의 옆얼굴을 훔쳐보았다. 불꽃을 볼 때는 심장이 떨렸는데, 지금 그녀의 얼굴을 보니 쿵쾅거렸다.

그로서는 너무도 낯선 감정이었다.

'뭐지?'

지금까지 그녀를 대할 때는 아무렇지도 않았는데…….

몽예는 작게 속삭였다.

"예쁜…… 건가?"

그 말을 들었는지 제갈설향이 방긋 웃으며 말했다.

"그렇지? 예쁘지?"

"아니. 저것 말고 누……."

콰콰콰콰쾅!

거대한 굉음이 몽예의 목소리를 삼켜 버렸다.

　　　　　*　　　　*　　　　*

　콰콰콰콰콰콰콰쾅!

　폭음과 함께 진동이 아귀갱 전체를 뒤흔들었다. 천장에
서 사람 크기만 한 암석이 쏟아져 내렸다. 바닥이 갈라져
끝이 보이지 않는 고랑을 만들어냈다.

　"으아아아악!"

　"무, 무신총이 무너진다!"

　"안 돼애애!"

　아귀건 무신총인이건 숭무정과 총령대의 무사들이건 할
것 없이 모두가 비명을 질렀다.

　바닥이 비틀리며 넓게 벌어져 사람들이 그 사이로 떨어졌
고, 천정이 무너져 내려 암석에 맞은 이들은 비명을 질러댔
다.

　잠시 후, 고막을 찢을 듯한 커다란 폭음이 멈췄다. 하지
만 진동은 여전했고 바닥과 천장, 벽면을 가리지 않고 모
든 게 메마른 밭고랑처럼 쩍쩍 갈라져 갔다.

　확실했다.

　무신총이 무너지고 있는 것이었다.

　모두가 허둥대는 가운데, 진위건이 당황스러운 목소리
로 외쳤다.

　"타, 탈출구가 열렸다!"

너무도 놀라 자신도 모르게 외친 말이었다. 하지만 그 말은 엄청난 파장을 불러왔다.

숭무정 무인들 모두가 너 나 할 것 없이 탈출구 방향을 향해 달렸다. 그들은 탈출구가 어디에 있는지 알고 있었다. 하기에 살고자 하는 욕구가 그리하도록 만든 것이었다.

그러자 숭무정 무사들이 탈출구를 향하고 있음을 느낀 총령대 무인들이 그 뒤를 쫓아 달렸다.

그 뒤를 다시 무신총인들이 허둥거리며 뒤따랐다. 또 그 뒤를 광기에 물든 아귀들이…….

진위건은 외쳤다.

"아, 안 돼!"

휘리리릭!

들리는 바람 소리에 진위건은 고개를 돌렸다. 곁에 서 있던 귀왕이 그를 지나쳐 앞으로 달려가고 있었다.

"숙부!"

귀왕의 대답은 없었다.

그 역시 지금은 어떻게라도 살고자 하는 한 명의 사람이었다.

＊　　　＊　　　＊

"으으으음."

몽예는 머리를 절레절레 흔들며 구덩이 밖으로 기어 나왔다. 귀가 멍했다. 눈앞도 뿌옇기만 했다.

폭발의 위력은 그가 생각했던 것보다 훨씬 대단했다. 구덩이 속으로 피하지 않았다면 몸이 성하지 못했으리라.

몽예는 자신이 나온 구덩이를 향해 손을 뻗었다. 그러자 제갈설향이 맞잡고 그에 기대어 올라왔다.

아직도 귀에는 이명만이 울리고 눈은 안개가 낀 것처럼 뿌옇기만 했다.

제갈설향 역시 마찬가지인 듯 뒤뚱거리다가 몽예에게 몸을 기대어 왔다.

그녀는 몽예의 얼굴에 자신의 얼굴을 바짝 들이밀었다. 입을 뻐끔거리는 것이 뭔가 말을 하는 것만 같았다.

하지만 몽예는 아직 귀가 들리지 않아 무슨 말을 하는 건지 알 수가 없었다.

제갈설향은 답답한지 입을 다물더니 보라는 듯이 손을 들어 한쪽을 가리켰다.

몽예의 시선이 그녀가 가리킨 방향으로 따라갔다. 그 순간 그의 눈동자가 커다래졌다.

벽면이 있던 자리 중앙부에 사람 세넷이 들락거릴 수 있을 넓이의 통로가 뚫려 있었다.

'동굴?'

아니다.

동굴이라면 어두워야 했다.

통로의 끝은 푸른색으로 가득할 뿐이었다.

'파란?'

물처럼 파란색이 가득하다.

"하……늘?"

몽예는 이끌리듯 구멍을 향해 걸어갔다.

잠시 바라보았는데도 눈이 따가웠다. 파란 구멍에서 밀려든 빛이 너무도 밝기 때문이었다.

"햇……살?"

몽예의 두 눈에 그렁그렁 물방울이 떨어져 내렸다. 눈물이 흐르는 게 빛살로 인해 눈이 아파서인지, 아니면 이 알 수 없는 기묘한 감정 때문인지 모르겠다.

제갈설향이 그를 지나쳐 앞으로 달려 나갔다. 그녀는 가다 말고 몸을 돌리더니 환한 미소를 지으며 어서 오라는 듯이 손짓을 건넸다.

그녀를 따라 달리려다가, 머뭇거렸다.

'정말 가도 될까?'

나는 저토록 파란 세상 속에서, 저리 빛이 가득한 곳에서 살아도 되는 걸까?

두려웠다. 무신총을 채운 어둠이 자신을 따라 나와, 푸른 하늘을 검게 채색할 것 같았다.

몽예는 오히려 뒷걸음쳤다.

*─겁이 나느냐?*

몽예의 눈동자가 커다래졌다. 아귀갱에서 들었던 심마의
목소리였다.
휘이이이잉.
그의 옆으로, 뭔가가 형체를 드리우기 시작했다. 몽예는
급히 고개를 돌렸다. 하지만 뿌옇기만 할 뿐, 제대로 보이
지가 않았다.
아직도 시력이 회복되지 않아서가 아니었다. 눈동자가
알아서 상을 흩트리고 있는 것이었다.
이 사람을 보아서는 안 된다는 공포심 때문이었다.
사람을 벗어난 존재!
몽예의 감각이 그렇게 인식하고 있었다.

*─아이야. 너는, 참으로 어렵더구나. 죽일까, 아님 살릴까.
꽤나 고민이 되었다. 천살성과 지멸성의 기운을 타고 났으니
세상을 피로 물들일 개세마두의 운명이로다. 한데, 사람이 막
았다. 당가의 꼬맹이가 네게 한 훈육이 천살과 지멸의 기운
을 흐리게 했다. 그렇기에 결정하기에 앞서 너를 지켜볼 수밖
에 없었다. 그리고 이제는 계속 지켜보고 싶어졌다. 나는 궁금*

하다. 네가 운명에 순응하게 될는지, 아니면 운명을 거부하고
자신의 삶을 개척할는지.

　제갈설향은 이 사람이 보이지 않는 걸까?
　그녀는 환한 웃음을 매단 채, 멀리 빛 속에서 손짓하고
있었다. 몽예는 그쪽을 바라보며 속삭였다.
　"내 삶은 내가 정해 걸을 거야."
　목소리는 즐거운지 웃음기를 머금었다.

　―좋다. 너로 정했다. 네게 전해 주마. 운명을 거스르고자
했던 우리의 도전을. 그 나날 속에서 얻은 성과를.

　휘이이이잉.
　거대한 기운이 흘러나오더니 몽예를 향해 흘러 들어왔
다.

　―가장 먼저, 죽음을 지배하는 법을 전한다. 머리에 새겨
라.

　몽예는 머릿속에 어둡고 사이한 뭔가가 스며드는 느낌
이 들었다.

　―두 번째로, 광야(廣野)를 다스리는 법을 전한다. 가슴에
품어라.

　몽예의 심장을 향해 거칠고 날카로운 기운이 밀려들었
다.

　―세 번째로, 흔들리지 않는 기둥을 심는다. 텃밭에 심어
라.

　몽예의 단전 속으로 밝고 맑으면서 정대한 기운이 쏟아
져 들어왔다.
　목소리의 주인은 힘이 다했는지, 머릿속을 울리는 음성
이 점점 희미해졌다.

　―이제 가거라. 네게 전한 바를 어떻게 쓰든 상관치 않겠
다. 정해진 운명에 이끌려 혈겁을 일으켜도 원망하지 않겠다.
하지만, 너의 인생길은 네가 정해서 갈 수 있었으면 하는구나.

　휘이이이잉.
　거대한 존재감이 안개처럼 흩어져 가고 있었다.
　몽예는 그제야 고개를 돌릴 수 있어, 목소리가 들린 쪽
을 돌아보았다.

아무것도 없었다.

환상일까?

마음이 만들어낸 환청이었을까?

하지만 머리와 심장, 단전 부위에 느껴지는 이 기묘한 기운들은 무엇일까?

"몽예야! 나와! 서둘러!"

제갈설향의 목소리에 몽예는 그녀를 향해 몸을 돌렸다.

물빛 하늘을 등지고 서 있는 그녀는 눈이 부시도록……예뻤다.

몽예는 성큼성큼 그녀를 향해 걸어갔다.

더 이상 두려움은 없었다.

목소리의 주인이 말한 대로 걸어 볼 작정이었다.

하늘과 땅이 정한 천살과 지멸의 운명?

개소리다.

'난 나대로 살 거야!'

빛을 향해.

사람이 사람답게 산다는 곳으로.

하지만 뭔가가 생각이 났다는 듯이 걸음을 멈추고 몸을 뒤로 돌렸다.

두두두두두두두.

발걸음 소리였다.

수십, 아니 수백이다.

탈출구가 열렸다는 것을 안 사람들이 달려오고 있는 것이었다.

이대로라면 다는 아니더라도 꽤나 많은 이들이 탈출할 수 있을 터였다.

'그래도 될까?'

당명진은 탈출구를 알고 있음에도 무신총 안에서 생을 다하려 했었다. 그 이유는 대략 짐작할 수 있었다.

바깥에서는 어땠을지 모르겠지만, 무신총에 들어옴으로 해서 그들은 인두겁을 쓴 악귀가 되었다.

몽예 스스로가 고민했듯이 저들 역시도 세상을 피로 물들일 마귀였다.

하나라도 나가면 안 된다.

이 자리에서 서서 버텨 저들을 막을까?

모두를 죽일 수는 없겠지만 아무도 빠져나가지 못하도록 막을 자신은 있었다.

탈출구는 일각 반이라는 시간이 흐르면 무너지고 마니까.

하지만 몽예 자신의 죽음을 동반하게 될 것이었다.

"몽예야! 뭐 해! 서둘러!"

제갈설향의 외침에 몽예는 앞과 뒤를 번갈아 보았다. 그러다 갑자기 환하게 웃으며 등짐을 뒤적였다.

진천뢰 두 개와 십리폭화곤 세 개를 엮은 화탄이었다. 이

것을 터트린다면 탈출구의 유지 시간을 일각이 아닌 촌각
으로 앞당길 수 있었다.

그사이, 무신총인 중 누군가가 거의 근처까지 도달했는
지 바람 소리가 가득 울렸다.

"이노오오옴!"

선두에 서 있는 자는 귀왕이었다. 그 조금 뒤로 진위건
과 노왕도 보였다.

"네놈이! 네놈이!"

몽예는 희쭉 웃었다.

"같이 죽자는 거, 취소야. 당신들만 죽어."

그리고 손에 든 화탄을 달려오고 있는 귀왕을 향해 집
어 던졌다.

"아, 안 돼애애애!"

귀왕의 비명을 외면한 채, 몽예는 바로 몸을 돌려 빛을
향해 달렸다.

온 힘을 다해, 그리고 웃음을 매달고.

콰콰콰콰콰쾅!

"으아아아아아악!"

"이노옴, 소마귀!"

뒤편에 들리는 폭음과 비명, 그리고 분노의 외침은 새로
운 여정을 축하하는 무신총의 인사 같았다.

몽예에게는 그랬다.

몽예의 등 뒤로 탈출로가 무너져 내리기 시작했다.

쏟아지는 암석을 피하고 막으며, 몽예는 결국 탈출로를 빠져나와 푸른 하늘 속에 몸을 던졌다.

넓은 하늘과 푸른 대지 속으로.

어둠과 죽음을 뒤로하고, 생이 넘치는 빛의 세상을 향해!

'당 아저씨. 미안한데 좀 오래 기다려야겠어.'

몽예는 마음속으로 속삭였다.

*　　　*　　　*

무신총.

무신 진무도의 무덤.

일신의 무력만으로 강호무림을 독패했던 절대자 진무도의 무공이 남아 있다던 곳.

그 모든 소문이 거짓이었다는 사실만을 남긴 채 무신총은 사라졌다.

그 이후로 많은 세월이 지난 현재, 무신총을 무신 진무도의 무덤으로 기억하는 사람은 거의 없다.

하기야 무신 진무도라는 절대자가 살았었다는 사실조차 아는 사람이 없다.

하지만 종종 원로들이 모여 앉아 그들이 겪어 온 과거를

안주 삼아 술을 들이켤 때, 무신총이 언급되는 경우는 있다.

그때 그들은 이렇게 말한다.

그곳은 무신 진무도의 무덤이 아니라, '그가 태어나 유년을 보냈던 곳'이라고……

그가 걸어왔던 무적(無敵)의 행보(行步)가 어떠했는지, 이제부터 이야기해 보자.

『다음 권에 계속』